악몽 면역자

악몽 면역자

조혜린 장편소설

이지북
EZbook

할아버지여,

부서져버린 우릴 보소서.

모든 창조물 중에서 오직 인간만이

성스러운 길에서 벗어났음을 우리는 압니다.

오직 인간만이 서로를 나눈 채 살고 있음을 우리는 압니다.

할아버지여, 성스러운 이여,

우리에게 사랑과 자비와 존중심을 가르쳐주소서.

우리가 이 대지를 치료하고 서로를 잘 치료할 수 있도록.

– 인디언 오지브웨 부족의 기도문에서

차례

프롤로그

산 정상에 오르고 나서야 비로소 마을이 선명하게 내려다보였다. 군데군데 아직 꺼지지 않은 불씨가 타오르고 있었다. 단 한 번의 폭격으로 마을 하나가 통째로 사라졌다. 과자 부스러기처럼 으스러진 건물과 엊그제까지도 웃고 떠들며 마을을 누볐을 누군가의 잔해 앞에서 조안은 벅찬 숨을 몰아쉬었다. 화가 났다, 같은 점잖은 말로 이 기분을 제대로 설명할 수 없었다.

'너무해, 너무하다고.'

지난 몇백 년 동안 수차례 전쟁을 겪으면서 사람들은 한층 더 잔인해졌다. 지속된 전쟁으로 전 세계의 반은 사람이 살 수 없는 땅이 되었다. 게다가 판의 경계가 뒤틀리며 일어난 대지진이 대륙을 쪼개고 붙이면서 세계는 거대한 땅 하나와 몇몇 섬으로 변했다. 그로 인해 어쩔 수 없이 하나의 국가가 탄생하게 되었는데, 사람들은 그곳을 '메인랜드'라고 불렀다.

당연하게도 메인랜드는 마냥 평화로울 수 없었다. 서로 다른 말투와 문화적 차이를 받아들이지 못하는 사람들이 분란을 일으키면서 곳곳에 내전과 반란이 지속됐기 때문이다. 결국 메인랜드를 통치하는 주(主) 정부는 하는 수 없이 반발 세력을 근처 섬으로 이주시켰고, 그렇게 해서 만들어진 것이 섬 제도였다. 처음에는 나름 이상적인 제도처럼 보였다. 비슷한 역사를 거쳐온 사람끼리 같은 섬으로 분리되었으니 조금 더 자유롭지 않을까 하는 기대감이 있었다.

'그런데 봐봐, 놀랍지도 않지. 결국 또 이렇게 됐잖아.'

움켜쥔 주먹이 바들바들 떨렸다. 힘을 주면 줄수록 손가락 사이로 무언가 꿈틀거리는 것이 느껴졌다. 조안은 쥐고 있던 손가락을 펼쳐보았다. 손가락 끝에서 무언가가 자라고 있었다. 가늘고 길며 끈끈한 무지개색 실이었다. 그 실은 점점 자라나더니 조안의 몸을 타고 팔과 배, 다리를 동여매기 시작했다. 한순간에 조안의 몸이 공중으로 두둥실 떠올랐다. 조안이 발버둥 칠수록 실은 더욱 촘촘하게 조안의 몸을 엮었다.

때마침 하늘 저편에서 쏟아져 내리듯 달려오는 불빛이 보였다. 미사일 같았다. 아예 이 마을을 완전히 청소해버리겠다고 마음먹은 모양이었다. 끔찍했던 분노는 어느새 두려움으로 바뀌었다. 조안은 몸서리치며 큰 소리로 외쳤다.

"살려줘, 제발! 살고 싶어!"

이윽고 어마어마한 폭격이 잇따랐다.

드림버그

"살, 살려줘!"

벌떡 몸을 일으킨 조안의 옷이 땀으로 흠뻑 젖어 있었다. 방 안은 고요했다. 잠시 후 랜턴 켜는 딸깍 소리와 함께 실내가 밝아졌다. 고개를 돌리자 조현이 졸린 눈을 끔뻑이며 물었다.

"언니, 또 꿈꿨어?"

조안은 주위를 두리번거리며 간신히 호흡을 골랐다. 자신을 바라보는 어린 조현의 눈동자가 불안하게 흔들리는 게 보였다.

"이번에도 나쁜 꿈이야?"

"아니야, 그런 거."

어떻게 대답할까 고민하다 조안은 거짓말해버렸다. 여

섯 살이나 어린 동생 앞에서 의젓한 모습을 보여야 했다. 설령 겁을 먹었더라도 최대한 감춰야 했다. 그게 엄마의 마지막 부탁이니까.

간호사인 엄마는 평화수호대 소속이었다. 메인랜드로 배치받은 엄마는 그곳의 군 병원에서 부상자를 돌보았다. 원래 엄마는 무언가를 잃거나 떠나보낸 사람들에게 곧잘 마음을 썼다. 아빠와도 그렇게 처음 만났다고 했다. 군인과 평화수호대 소속 신분으로 서로를 도우면서. 하지만 아빠는 조현이 태어나기 전, 섬의 내전을 막기 위해 나간 전투에서 목숨을 잃었다. 외할머니가 조안과 같이 살게 된 건 그즈음이었다. 할머니는 엄마를 도와 조안과 조현을 돌봤다. 대부분의 아이가 그렇듯 조안은 엄마가 아침 일찍 출근하는 걸 못마땅해했다. 어려서는 엄마와 떨어지기 싫어서, 할머니가 온 뒤로는 할머니 밥이 맛없어서, 조금 더 자란 뒤에는 매일 놀아달라고 조르는 조현이 귀찮아서. 그러나 삼 년 전 그날, 적어도 그날은 단순히 치기 어린 마음으로 그러지 않았다.

"엄마 출근해야 해. 신조안, 차 키 줘."

"가지 마."

"왜 이래? 엄마 돈 벌러 가야지."

"하루 안 간다고 굶어 죽는 거 아니잖아. 오늘은 쉰다고 해."

"어떻게 갑자기 그래."

"그래도 그렇게 해. 죽을 거같이 아프다고 하면 되잖아."

이런 어리광이 통할 리 없다는 걸 알면서도 조안은 고집을 부렸다. 어떤 수를 써서라도 엄마가 그곳에 가는 걸 막아야 했다.

"실랑이 벌일 시간 없어. 빨리 키나 내놔."

"싫다니까!"

조안의 생떼에 놀란 건 비단 엄마뿐만이 아니었다. 아침 댓바람부터 들려온 고함에 할머니는 주걱을 든 채 어리둥절한 표정으로 멈춰 섰고 조현은 오른쪽 뺨에 밥풀을 붙이고 눈을 동그랗게 떴다.

"이리 와라, 조안아. 할미랑 밥 마저 먹자."

"언니, 밥 식으면 맛없어!"

하지만 그날만큼은 아무도 조안을 말릴 수 없었다.

"엄마 가면 절대 안 돼. 가면 앞으로 나 엄마 말 안 들을 거야."

"신조안!"

불호령과 함께 엄마는 매섭게 조안을 노려봤다.

"너 내년이면 열일곱 살이야. 네가 애도 아니고, 조현이도 있는데 창피하게 왜 이러니, 응?"

"안 된다니까!"

"그러니까 왜 안 되는데? 내가 다 큰 딸 두고 출근 못 할 이유가 뭔데?"

"꿈을 꿨어."

"뭐?"

"꿈을 꿨다고."

"꿈이 왜?"

"꿈에서, 꿈에서 엄마가⋯⋯."

조안이 그 말을 하면 엄마와 할머니가 어떻게 나올지 뻔했다. 터무니없는 소리라고 생각하겠지. 그냥 악몽일 뿐이니까 시답잖은 소리 그만하라면서 코웃음 치겠지. 그렇지만 그 꿈은 단순한 꿈이 아니었다. 다음 날 아침이면 기억조차 나지 않아 잊히고 마는, 무의식이 만들어낸 허상 따위가 아니었다.

조안에게 그날의 꿈은 미래를 가늠할 수 있게 만드는 꿈이었다.

"너 또 이상한 소리 하면 엄마 진짜 화낸다."

"그래도 상관없어."

"그래, 근데 저게 뭐지?"

잔머리를 잘 굴리는 엄마는 조안이 고개를 돌린 사이 잽싸게 손에서 차 키를 채 갔다. 조안이 발을 구르거나 말거나 신경 쓰지 않았다. 차에 올라타자마자 문을 잠근 엄마가 창문을 내려 말했다.

"이제는 언니답게 조금은 의젓해져봐, 신조안."

"안 돼, 엄마. 가면 안 된다니까? 진짜야. 내 느낌이 그렇다고."

조안이 계속해서 차창을 두드렸지만 소용없었다. 고개를 절레절레 흔들던 엄마는 부리나케 차에 시동을 걸었다. 곧이어 차는 도로 위에 까만 바퀴 흔적을 그리며 출발했고 조안은 어린아이처럼 그 뒤를 따라 달렸다. 한참을 쫓아갔지만 차를 따라잡기에는 턱없이 부족했다. 엄마는 태연자약하게 운전석의 차창을 내리더니 왼손을 가볍게 흔들며 멀어졌다. 마치 아무 일도 없을 거라고 확신하는, 유쾌한 손놀림이었다.

그것이 조안이 본 엄마의 마지막 모습이었다.

조안은 학교에서 수업을 듣다가 연락을 받았다. 엄마가 일하는 군 병원이 폭발했다는 소식이었다. 사건을 보도하는 뉴스는 조안의 발길이 닿는 모든 곳에서 속보로 흘러나왔다. 근 몇십 년 만에 벌어진 갑작스러운 테러라고 했다. 정치 싸움에서 밀려 노스랜드로 망명한 자가 집단을 만들었는데, 그 집단 소속의 한 테러리스트가 병원에 자살 폭탄을 터뜨렸고 하필 그를 가까이에서 돌보던 의료진이 죽었다고. 그리고 그 피해자 중 하나가 바로 조안의 엄마, 한새나 간호사라고.

아침까지만 해도 멀쩡히 집을 나섰던 엄마는 같은 날 오후 재가 되어 가족 품으로 돌아왔다. 사건을 담당한 경찰은 할머니에게 엄마의 유골함을 건네며 비통한 얼굴로 유감을 표했다.

"죄송합니다."

배가 볼록 나온 도자기에 청색 유약을 바른 수십 세기 전 디자인된 유골함이었다. 믿기지 않을 정도로 표면이 매끄러워 그 안에 누군가의 육신이 담겨 있다는 게 잘 상상이 되지 않았다.

돌아오는 길에는 아무도 먼저 말을 꺼내지 않았다. 할머니는 유골함을 끌어안은 채 창밖만 응시했고 조안은 이미 다 헤어진 손톱을 욱신거릴 때까지 물어뜯었다. 날씨도 좋지 않아 희뿌연 안개를 뚫고 달리는 공중 열차가 거세게 흔들렸다. 조안은 속이 울렁거려 견딜 수 없었다.

먼저 침묵을 깬 건 조현이었다.

"이 안에 진짜 엄마가 있어?"

어리숙한 조현의 물음에 조안은 잠시 고민했다. 도무지 어떤 말을 해야 할지 알 수 없었다. 조안은 내심 할머니가 먼저 대답해주길 기다렸으나 할머니 역시 손수건으로 축축해진 눈가를 찍어내기만 할 뿐 아무런 말도 하지 않았다. 기다리는 답이 돌아오지 않자 조현은 조안을 올려다보았다. 조안은 가만히 동생의 손을 꽉 붙잡았다. 평소와 다르게 땀으로 잔뜩 불어 있는 손이었다.

"응."

"그렇구나."

조현은 조안 손에 붙잡힌 자신의 손을 슬쩍 뺐다. 그러고는 고개를 돌린 채 변명하듯 말했다.

"언니 손 축축해."

하지만 조안은 동생이 어떤 기분인지 알았다. 때로는 가벼운 일 앞에서도 스스럼없이 터지던 눈물샘이 커다란 비극 앞에서 제동을 걸기도 한다. 이런 일을 겪으면 눈물샘 대신 다른 곳이 반응하기도 한다. 아마 그날은 손이었던 것 같다. 어느 날에는 이마였다가 또 어느 날에는 머리였다가 언젠가는 눈물이 흘러내리겠지. 조안은 조현을 꽉 껴안으며 말했다.

"괜찮을 거야."

그리고 결심했다. 엄마의 마지막 당부처럼 조현에게 늘 의젓한 언니가 되겠다고.

엄마를 보내주는 길에 할머니는 엄마의 유골함을 들고 한참 울었다. 어쩌면 조안과 조현보다, 아니 두 사람이 흘린 눈물을 합친 것보다 더 많은 눈물을 쏟아냈다. 그 모습을 본 조안은 생각했다. 부모를 잃은 것과 자식을 잃은 것 중 어느 쪽의 슬픔이 더 크고 지독할까. 감히 무게를 가늠할 수 없는, 어쩌면 영원히 답을 내릴 수 없는 것에 대해 생각하면서 그날 엄마가 그곳에 가지 못하도록 막지 못한 일을 마음속에서 조금씩 흘려보냈다.

물론 지우려 해도 절대 지워질 수 없는 기억이겠지만.

"빨리 자자."

조안은 졸린 눈을 비비며 조현을 다시 침대에 눕혔다.

"언니는?"

"언니도 자야지."

"그럼 나랑 같이 자는 거야?"

"응, 그럴게."

조안은 조현의 머리를 어루만졌다. 실내가 더웠는지 조현의 앞머리가 축축하게 젖어 있었다. 가만히 누워 잠을 청하던 조현이 어둠 속에서 불쑥 목소리를 틔웠다.

"근데 언니, 뉴스에 나온 이야기 진짜야?"

엄마가 돌아가신 뒤로 두 사람은 각자의 이유로 쉽사리 잠들지 못했다. 조현은 어둠이 무서워서, 조안은 또다시 이상한 꿈을 꾸게 될까 봐. 그래도 언제나 먼저 잠드는 쪽은 조현이었다. 다행히 조현에게는 잠이 들 때까지 이야기를 들려주거나 노래를 불러주는 언니가 있었으니까.

"무슨 이야기?"

"드림버그 말이야. 진짜일까?"

드림버그라. 조안은 어젯밤에 본 뉴스를 떠올렸다.

최근 들어 평소처럼 잠들었다가 다음 날 깨어나지 못하고 가수면 상태에 빠진 환자들이 생겨났다. 의료진은 이런 증상을 두고 '포그 상태에 빠졌다'라고 표현했다.

포그 상태가 혼수상태와 다른 점이 있다면 뇌파 활동과 신체 반응이 있다는 것이었다. 포그 상태에 빠진 사람들은 이따금 코를 골거나 잠꼬대하는 등 소리를 내고 몸을 움직였다. 겉으로만 봤을 때는 그냥 잠든 사람과 다를 바 없었다. 그러나 문제는 수면 시간이었다. 한번 포그 상태에 빠진 사람들은 깨어날 줄을 몰랐다. 흔들어 깨우거나 소리를 지르거나 각성제를 투약해도 듣지 않았다. 그렇게 오랜 시간 잠을 사다가 운이 나쁘면 포그 상태에서 병균에 감염되거나 심한 경우 심장마비로 죽음에 이를 수도 있다고 몇몇 의료진은 우려를 내비쳤다.

갑작스레 출몰한 포그 환자들을 두고 의과학자들은 이들의 공통점을 찾기 위해 노력했다. 그 결과 환자들에게 공통적으로 나타난 무언가를 찾았다. 몸 어딘가 작은 벌레에게 물린 것 같은 자국이 남아 있었다는 것.

두 개의 작고 붉은 홈으로 시작한 자국은 병변을 넓혀 동그란 원형 고리의 형태로 커졌다. 벌레에 대한 추측이 난무하는 사이, 곤충학자들은 이 자국이 거미에 물렸을 때 생기는 자국과 유사하다고 주장했다. 게다가 환자의 가족 중 몇몇이 근처에서 거미로 보이는 벌레를 봤다고 이야기하면서 이 사태를 일으킨 주범이 거미일 거라는 주장에 점차 무게가 실렸다.

그렇게 지어진 이름이 바로 드림버그였다. 이외에는 드림버그에 대해 조안도 아는 바가 없었다.

조안은 어깨를 으쓱하며 대답했다.

"글쎄, 나도 모르겠네."

그러자 조현이 어둠 속에서 눈을 빛내며 말했다.

"친구들이 그러는데 드림버그에 물리면 영원히 악몽에 갇혀서 깨어나지 못한대."

"뭐? 그게 말이 돼?"

조안은 조현의 말에 놀라는 시늉을 했다.

"진짜야. 그리고 이 벌레는 잠자는 사람만 노린대, 무섭지?"

마치 언니를 겁주려는 듯 조현이 짧은 두 팔을 공중으로 들어 올리며 인상을 썼다. 하지만 이 순간 조안이 두려운 건 따로 있었다. 조안은 매일 뜬눈으로 밤을 지새우다 동틀 즈음에야 간신히 눈을 감았다. 하루를 무사히 보내고 어떤 일이 닥칠지 모르는 내일을 기다리는 시간이야말로 조안에게는 고통의 시간이었다. 그렇지만 밤이 무섭다고 동생 조현에게 솔직히 이야기할 수는 없었다. 조안은 혓바닥을 살짝 내밀며 말했다.

"언니는 졸음이 더 무섭다."

"치, 센 척은."

"그러니까 그만 자. 내일 지각할라."

말은 그렇게 했지만 신경 쓰이는 건 조안 역시 마찬가지였다. 비슷한 증세를 겪는 환자들이 최근 이스트랜드에서도 늘어나고 있었다. 더욱이 우려되는 점은 아직 포그 상태에서 깨어난 사례가 없다는 것. 조안은 이불을 당겨 덮는 조현을 슬쩍 바라보았다. 베개에 머리를 깊숙이 파묻은 조현의 눈꺼풀이 점점 감겼다. 시간이 어느덧 새벽을 향해 달려갈 즈음 조안도 간신히 잠을 청할 수 있었다.

*

웬일로 부엌에 인기척이 없었다. 아침마다 어수선하게 움직이며 아침밥을 만들던 할머니가 보이지 않았다.

"할머니?"

조안이 안방으로 들어섰을 때, 할머니는 아직 자고 있었다. 곤한 숨소리와 함께 할머니의 가슴이 가볍게 들렸다가 가라앉았다. 조안이 슬쩍 다가가 말을 걸었다.

"할머니, 우리 학교 다녀올게요."

그러나 할머니는 여전히 꿈쩍도 하지 않았다. 조안은 고개를 갸웃하면서 할머니가 덮은 이불을 끌어 올려주었다. 어디선가 바람이 불어 조안의 볼을 간지럽힌 탓에 고개가 돌아갔다. 창문이 살짝 열려 있었다. 간밤에 기온이 높아져 할머니가 창문을 열어두고 잔 모양이었다. 그 순간 조안의 시선이 어딘가에 멎었다. 생전 처음 보는 무지개색 벌레였다. 여덟 개의 긴 다리와 뚱뚱한 몸통이 마치 거미 같았다. 그러나 여태 봐온 거미와는 달랐다. 벌레는 반딧불처럼 스스로 빛을 내고 있었다. 버튼을 누르면 밝아졌다가 사그라지는 백열등 전구처럼 몸통이 번쩍거리다 잦아들기를 반복했다. 그러기를 얼마나 반복했을까. 벌레가 갑자기 조안을 향해 와락 달려들었다.

"으악!"

놀란 조안이 뒷걸음질 치며 바닥으로 주저앉았다. 그 틈을 타 팔뚝 위에 올라탄 벌레가 바사삭 으깨지더니 한순간에 미세한 가루가 되어 흩날렸다. 불현듯 머릿속에 불안한 생각이 스쳤다.

"할머니?"

이쯤 되면 대답이 돌아올 법도 한데 할머니는 여전히 깨지 않았다.

"할머니! 일어나 봐요, 네?"

아니나 다를까 불길한 직감은 빗나가지 않았다. 여러 번 세차게 흔들어봐도 할머니의 쌔근대는 숨소리는 짙어지기만 할 뿐 깨어날 기미가 보이지 않았다. 조안은 서둘러 구조대를 호출하기 위해 침대의 구급 호출 버튼을 찾았다.

어서 할머니를 깨워야 했다.

그러나 버튼을 누르기 직전 조안은 행동을 멈췄다. 며칠 전 뉴스에서 본 내용이 떠올랐기 때문이다.

지금부터 포그 상태에 빠진 사람들은 모두 웨스트랜드에 보내집니다.

환자들을 깨울 방법을 찾기 위해 주 정부가 마련한 비상 대책이었다. 포그 환자들은 모두 웨스트랜드의 미아로마 지역으로 이송돼 그곳에 있는 수면 클리닉 센터 '루나'에서 치료받게 된다. 방역대를 호출하면 조안과 조현이 할머니와 떨어져 지내야 한다는 소리였다. 엄마를 잃은 지 아직 삼 년밖에 지나지 않았다. 누군가의 빈자리를 견뎌내는 일이 얼마나 버거운지 조안은 누구보다 잘 알고 있었다.

"언니?"

때마침 잠에서 깬 조현이 문밖에서 조안을 찾았다. 조안은 서둘러 안방 창문을 굳게 닫았다. 할머니가 깨어나지 않는 병에 걸렸다는 소식을 차마 조현에게 전할 수 없었다.

조안은 한 번 심호흡하고 재빨리 안방에서 빠져나와 표

정을 고쳤다.

아무것도 모르는 조현이 눈을 비비며 물었다.

"오늘은 밥 안 먹어?"

"응, 오늘은 가는 길에 빵 사 먹자. 언니가 사줄게."

"할머니는?"

"언니가 인사드렸어. 오늘 몸이 좋지 않으셔서 좀 쉬시겠대."

조현은 고개를 끄덕였다. 다행히 조안의 말에 토 달 생각은 없어 보였다. 두 사람은 학교에 가기 위해 서둘러 집을 빠져나왔다. 아직 잠든 할머니가 안방에 누워 있었지만 어쩔 수 없었다. 조안은 무거운 눈꺼풀을 몇 번이나 감았다 떴다. 그러나 아무리 끔뻑여도 눈앞은 뻑뻑하기만 했고 세상은 그 어느 때보다 흐릿했다.

전생을 보는 소년

가부좌를 틀고 앉은 소년이 주먹 쥔 두 손을 자신의 무릎 위에 얹었다. 소년이 고개를 앞뒤로 흔들 때마다 머리에 쓴 모자의 깃털 장식이 팔락거렸다. 천막 안에 피어오르는 향의 냄새가 짙어질수록 소년의 머릿속에 떠오르는 그림 또한 선명해졌다. 시간이 흐르고 소년이 다시 조용히 눈을 떴다. 회색빛이 도는 까만색 눈동자는 한없이 깊어 보였다.

"전생에 바닷가와 연이 있으셨네요."

소년이 말하자 마주 앉은 남자가 퀭한 얼굴로 고개를 들었다.

"제가 전생에 어부였나요?"

"아뇨, 큰 선박을 만드는 일을 하셨습니다. 조선업이라고 하죠. 배들이 잘 항해할 수 있도록 돕는 역할이에요."

남자는 소년에게 얼굴을 더욱 바짝 들이밀었다.

"그러면 이번 생에서 제가 바다의 도움을 받을 수 있겠습니까? 가능하다면 이 섬에서 제일 풍경이 좋은 곳에 가게를 열려고 하거든요. 거기서 국수를 팔 겁니다."

소년은 가까워진 남자의 얼굴을 물끄러미 쳐다봤다. 이마에 가로로 난 세 개의 주름, 메마른 턱 근처에 듬성듬성 핀 하얀 버짐, 귓불에 여러 갈래로 갈라진 흔적까지. 물기 하나 없는 건조한 얼굴이었다. 소년은 다시 조용히 입을 열었다.

"장사를 하려거든 해안가는 피하시는 것이 좋겠습니다. 바다에서 멀찌감치 떨어진 내륙에 자리를 잡으세요. 그럼 화는 면할 것입니다."

예상치 못한 답에 남자는 얼굴을 찡그린 채 물었다.

"왜요?"

소년은 엄중한 목소리로 경고하듯 말했다.

"당신이 전생에 만들었던 그 배가 문제예요. 유조선 하나가 사고 나는 바람에 해역 일부의 자연을 망가뜨렸거든요. 그 사고로 수천, 수만 마리의 해양 생명체가 목숨을 잃었습니다. 과연 바다의 신이 노할 만하죠."

그러자 남자가 침을 꼴깍 삼키는 소리가 천막 안에 가득 울렸다.

"그러고 보니 제가 생선이나 해조류를 먹으면 자주 탈이 나요. 그럼 혹시 그것도 제 전생과 상관이 있을까요?"

"현생은 전생의 연과 어느 정도 맞닿아 있다고 저는 생각합니다."

소년이 말을 마치자 남자는 심각한 얼굴로 고개를 끄덕였다. 평소에도 비린내가 나는 음식이라면 치를 떠는 남자였다. 듣던 대로 용하긴 용하다고 생각한 남자는 흡족한 얼굴로 금액을 지불하고 천막을 빠져나갔다. 소년을 향해 합장하고 머리 숙여 인사하는 것도 잊지 않았다.

그곳은 사우스랜드 웨어가에서 가장 유명한 점술집이었다. 천막 한가운데 앉아 있는 사람은 이곳 주인인 미태나. 언뜻 보면 소녀라고 착각할 정도로 긴 머리, 가무잡잡한 피부와 진한 눈썹이 인상적인 열여덟 살 소년이다. 미태나는 대지진으로 대륙의 구조가 바뀌기 전까지 '원주민 보호 구역'에서 살던 인디언의 먼 후손이다. 하지만 미태나의 할머니는 보호 구역 밖에서 할아버지를 만나 오대호 인근에서 미태나의 엄마를 낳았고 엄마는 대륙이 합쳐진 이후 이곳 사우스랜드로 이주해 미태나를 낳았다. 그러니 미태나가 얼굴을 아는 가족 구성원은 모두 보호 구역 밖에서 더 오래 생활했을 것이다. 대부분의 후손이 그렇듯 미태나 역시 자신의 먼 조상에 대해 잘 알지 못했다. 다만 한 가지 확실한 건 미태나가 꽤 특별한 핏줄을 물려받았다는 것이다.

엄마는 미태나를 '선택받은 아이'라고 불렀다. 미태나가 세상에 나왔을 때 환한 보름달이 미태나의 얼굴을 비췄고 달빛에서 나온 입자가 미태나의 눈에 담겼다는 이유였다. 언뜻 들으면 이해하기 어렵지만 인디언 역사에서 달은 시간의 흐름을 측정하고 만물의 기준이 되는 지표였다. 그러니 태어나자마자 달의 은총을 받은 아이는 제 어미의 눈에 얼마나 귀중해 보였겠는가. 아이의 이름을 인디언 말로 달의 발음을 따서 지은 것도 결코 우연이 아니었다. 그리고 그런 대단한 기대감 때문인지, 아니면 정해진 운명 때문인지 미태나는 겨우 열다섯 나이에 상대방의 전생을 감지할 수 있게 되었다.

상대의 두 눈을 들여다보며 전생을 그리는 일. 미태나의 능력은 과학으로 절대 설명할 수 없었다. 미태나 스스로도 자신이 보는 것이 환영인지 아니면 진짜 상대방의 전생인지 확신하지 못했다. 그럴 때마다 미태나의 엄마는 항상 말해주었다.

"의심하려 들지 마. 너 자신을 믿어."

당시 미태나의 엄마는 천막으로 만든 간이 상점에서 소원을 빌 때 피우는 향이나 액운을 쫓아주는 부적을 만들어 팔았다. 과학이 발전할 대로 발전한 시대에도 누군가는 미신에 기대어 자신의 운명을 점치길 원했고, 상점에는 늘 신적인 존재를 믿는 사람들이 찾아왔다. 그렇다고 두 사람의 생활이 넉넉한 것은 아니었다. 아마 일찍이 미태나의 능력을 상업적으로 이용했으면 벌이가 조금 더 나았을지도 모른다. 그러나 엄마는 결코 미태나의 능력을 입 밖으로 꺼내지 않았다.

"이건 하늘이 주신 능력이니 우리만의 비밀로 조용히 간직하자."

분명 누군가가 나쁜 마음을 먹고 미태나의 능력을 이용할까 봐 두려웠을 것이다. 훗날 알게 된 사실이지만 이 우려는 정확하게 들어맞았다.

미태나는 선반에 놓인 작은 가족사진 액자를 집어 들었다. 디지털 영상 속 엄마가 어린 미태나를 품에 안은 채 몇 번이고 반복해 미소 짓고 있었다. 그러나 미태나는 더 이상 엄마의 진짜 미소를 볼 수도 웃음소리를 들을 수도 없었다.

미태나의 엄마는 삼 년 전 그날 살해당했기 때문이다.

안개가 동네를 자욱하게 뒤덮었던 그날은 기분 나쁠 정도로 음산한 기운이 공기 중에 서려 있었다.

메인랜드의 군 병원에서 테러가 일어났다는 속보가 온종일 티브이에서 흘러나왔다. 이 사건으로 밝혀진 사망자만 해도 무려 육십 명이었다. 주 정부는 노스랜드로 망명한 정치범 집단을 배후로 추정했다. 시종일관 집단 소속원들의 얼굴이 화면에 나타났고 미태나는 자료 화면을 통해 그들의 전생을 보았다. 그리고 마지막으로 집단을 이끄는 지도자 '사콘'의 얼굴이 나타났을 때, 미태나는 고개를 갸웃했다.

이상한 일이었다. 보통 사람이라면 대부분 직전 생의 영혼만 느껴지는데 사콘의 얼굴에는 셀 수 없이 많은 영혼이 감지됐다. 각양각색의 얼굴 사이에서 가장 도드라진 건 아주 오래전 태어난 자였다. 미태나는 유심히 사콘의 미간을 노려봤다. 그러나 아무리 오래 쳐다봐도 영혼의 얼굴이 또렷해지지 않았다. 그저 그가 피와 고통으로 얼룩진 삶을 살았다는 것만 느껴질 뿐 그가 어떤 인종의 사람인지 어떤 생김새를 하고 있는지는 알아채기 어려웠다.

그때 천막 쪽에서 이상한 소리가 났다.

"엄마?"

미태나는 고개를 들어 시계를 쳐다봤다. 날씨가 좋지 않아 상점 문을 닫고 오겠다던 엄마가 한 시간이 넘도록 돌아오지 않았다. 탁상 위에 놓인 랜턴을 집어 들고 미태나가 조용히 몸을 일으켜 세웠다. 대문을 열자 여전히 희뿌연 안개가 자욱했다. 금방이라도 누군가 안개를 헤치고 나타나 미태나를 향해 달려들 것 같은 을씨년스러운 날이었다.

"엄마!"

미태나가 다시 한번 엄마를 부르고 전화도 걸어봤지만 엄마는 응답하지 않았다. 저 멀리 움막에 달린 랜턴의 불빛만 반짝거리고 있었다. 미태나는 불빛이 매달린 쪽으로 천천히 걸음을 옮겼다. 이따금 부는 약한 바람에 누군가 중얼대는 소리가 들려왔지만 정체를 알 수 없었다. 엄마 목소리인 것 같기도 하고 아닌 것 같기도 했다. 간신히 상점에 다다른 미태나가 천막 문을 활짝 열자 엉망이 된 실내가 한눈에 들어왔다. 누군가와 몸싸움이라도 벌였는지 선반 위의 물건은 죄다 쏟아져 있고 깨진 유리병들이 나뒹굴었다. 그리고 그 사이에서 엄마가 보였다.

엄마를 발견한 미태나는 아무 말도 할 수 없었다. 그건 사람이라기보다는 미라에 가까웠다. 입고 있는 옷이나 팔에 달린 팔찌, 헤어스타일로 그것이 엄마였다는 사실을 유추할 수는 있었지만 한 시간 전 멀쩡한 모습으로 나갔던 엄마와는 완전히 다른 모습이었다.

"엄마……."

믿기지 않는 광경에 좌절하는 것도 잠시, 천막 밖에서 누군가 움직이는 소리가 들렸다. 미태나는 재빨리 천막을 걷고 상점 밖으로 뛰어나갔다.

"도와주세요! 우리 엄마가…… 거기 누구 없어요?"

목청껏 외쳤지만 돌아오는 답변은 없었다. 대신 지척에서 들려오는 중얼거림이 간헐적으로 들릴 뿐이었다.

"거기 누구예요?"

미태나가 묻자 안개 속에 있던 누군가 흠칫 이쪽을 돌아봤다. 사람의 눈이라기엔 지나치게 빛이 나는 노란색 눈동자였다.

"문제가 생겼어요! 제발 도와주세요, 네?"

그러나 상대는 침묵했다. 곧이어 쉽게 걷히지 않을 것만 같던 안개가 순식간에 걷혔고 천막 주변을 둘러봐도 아무도 보이지 않았다.

상점으로 돌아온 미태나는 엄마의 시신 앞에서 무릎을 꿇고 앉았다. 머리맡에 파닥거리는 작은 벌레가 보인 건 그 때였다. 형형색색의 거미. 마치 무언가를 말하려는 듯 몸부

림치던 그 벌레는 긴 다리를 이용해 글자를 적어 내려가기 시작했다. 그리고 동작을 멈췄을 때 바닥에 적힌 글자는 다음과 같았다.

찾아서 함께 막아.

엄마가 죽고 나서야 미태나는 비로소 깨달았다. 어쩌면 엄마도 사람들에게 말하지 못할 어떤 특별한 능력을 갖고 있었을지 모른다는 걸 말이다. 세상 곳곳에는 이 특별한 능력을 노리는 이들이 있다는 것도. 미태나는 그제야 엄마가 왜 자신의 능력을 철저히 비밀에 부쳤는지 알 것 같았다. 직감이 맞다면 이건 공들여 계획된 범행이었다. 그러나 누가, 왜 엄마를 죽인 건지는 알 수 없었다. 바닥에 남겨진 메시지도 종잡을 수 없기는 마찬가지였다. 대체 누구를 찾아서 무엇을 어떻게 막아야 한다는 걸까.

다음 날 뉴스에서는 온종일 사콘이 죽은 채로 발견되었다는 속보가 잇따랐다. 아무도 사우스랜드 일각에서 벌어진 이 기괴한 살인 사건에 대해서는 관심을 갖지 않았다. 장례는 조용히 치러졌고 사람들은 수군덕거리면서 미태나에게 손가락질해댔다.

"저 집 엄마가 미라로 발견됐대. 진짜 신기가 있었던 모양이지?"

이후 상점을 찾아오는 발길은 뚝 끊겼다. 아마 그런 끔찍한 시신이 발견된 상점에 찾아오고 싶은 사람은 얼마 되지 않을 것이다. 혼자 남은 미태나는 어떻게 살아야 할지 막막했지만 그렇다고 자포자기할 수 없었다. 자신에게는 아직 해야 할 일이 있었으니까.

어떻게든 살아보겠다고 마음먹은 순간부터 미태나는 삶의 모든 것을 바꿔나가기 시작했다. 우선 엄마와 살던 곳을 떠나 사우스랜드의 웨어가로 이주했다. 그리고 그곳에서 점술을 봐주는 가게를 열었다. 자신의 능력을 발휘해 사람들을 끌어모았고 사우스랜드의 최연소 점술가라는 소문을 내 이목을 집중시켰다. 만일 그놈이 탐내는 것이 미태나의 특별한 능력이라면 소문을 듣고 호기심이 생겨 언젠가 대면하게 될지도 모른다고 생각했다.

손님이 나가자 미태나는 가부좌를 틀었던 다리를 모으고 벌떡 자리에서 일어났다. 뒤이어 노크 소리와 함께 주인집 할아버지가 나타났다.

"끝났냐? 손님 갔어?"

"네."

"여기 네가 말한 거. 구하느라 애먹었다."

"감사합니다."

할아버지가 내민 것은 복주머니처럼 생긴 장바구니였다. 안에는 미태나가 요청한 버드나무 가지와 사슴 힘줄 그리고 여러 개의 오색 구슬이 담겨 있었다.

"이런 건 대체 어디에 쓰게?"

툴툴대면서도 매번 찾기 어려운 물건을 용케 찾아주는 할아버지였다. 미태나는 뒤통수를 긁으며 별일 아니라는 듯 대꾸했다.

"만들 게 좀 있어서요."

그러자 할아버지의 언성이 대뜸 높아졌다.

"만들려면 집에서나 만들 것이지 한 달 넘게 집을 비우고 어딜 갈 셈이야?"

이곳으로 이사 오고 단 한 번도 집을 비운 적 없던 미태나였다. 비교적 치안이 안전한 데다 인구가 밀집되어 있는 웨어가는 아직까지 이웃에게 인사 나누며 안부를 묻는, 요즘 몇 없는 작은 동네였다. 혼자 남은 미태나가 살던 마을을 떠나 선뜻 이곳으로 오기로 결심하게 된 이유기도 했다.

"여행이라도 다녀오려고요."

"넌 뉴스도 안 보냐? 세상이 이리 흉흉한데 가긴 어딜 가?"

그 말을 들은 미태나는 어깨를 으쓱했다. 화난 눈으로 미태나를 보던 할아버지는 경고하듯 덧붙였다.

"쓸데없이 위험한 짓은 하지 마."

"위험한 짓이 뭔데요?"

"널 위험에 빠뜨릴 만한 짓 말이야."

"알겠어요."

미태나는 고개를 끄덕였다. 힐끔 보니 할아버지가 준 장바구니 안에 주먹밥과 과일도 있었다.

"걱정 마세요. 너무 늦지 않게 올게요, 할아버지."

미태나는 결연한 얼굴로 배낭에 장바구니를 넣으며 말했다.

엄마가 떠난 지 어느덧 삼 년이라는 시간이 흘렀다. 오직 미태나의 기억 속에만 존재하던 드림버그가 갑자기 세상에 모습을 드러냈다. 무지개색에 스스로 빛까지 내는 거미. 분명 삼 년 전 보았던 그 벌레였다. 미태나는 드림버그라는 벌레를 찾으면 엄마를 그렇게 만든 놈을 만날 수 있을 거라고 생각해왔다. 이번에 놈이 먼저 흔적을 남겼으니, 미태나가 움직일 차례였다.

사이렌

"신조안!"

등굣길에서 누군가 조안의 이름을 불렀다. 조안은 뒤돌아보지 않아도 목소리의 주인공이 누군지 알 수 있었다. 조안과 같은 학년 라딸이었다. 흡사 초콜릿 솜사탕을 방불케 하는 거대한 곱슬머리와 새까만 얼굴에 주근깨가 콕콕 박힌 라딸은 언제나처럼 경쾌한 걸음으로 긴 다리를 쭉쭉 뻗으며 달려왔다.

"안녕, 꼬맹아?"

라딸이 조현을 향해 손을 흔들었고 조현은 가볍게 손을 들어 인사를 대신했다. 이제 막 열세 살이 된 조현은 언니 친구가 아직도 자신을 꼬맹이라고 부르는 것이 영 마음에 들지 않는 눈치였다.

"왔어?"

조안과 라딸은 여느 때처럼 주먹을 가볍게 맞부딪쳤다. 라딸은 그렇게 인사한 후에도 언제나 조금 더 몸을 흔들어댔다. 어느 날에는 탭댄스를 추는가 하면, 어느 날에는 한껏 엉덩이를 흔들며 재롱을 부리는 날도 있었다. 그런데 눈치를 보니 지금은 그럴 분위기가 아닌 듯했다.

조안의 표정을 살피던 라딸이 물었다.

"무슨 일 있어?"

웬일인지 평소보다 처진 조안의 어깨가 눈에 들어왔다. 조안은 힐끔 동생 조현을 쳐다봤다. 마음 같아서는 당장이라도 할머니에 대한 이야기를 털어놓고 싶었지만 그럴 수 없었다. 조안이 어색하게 웃음만 짓자 라딸이 짧게 한숨을 내쉬며 말했다.

"난 있는데."

"무슨 일?"

"어젯밤 우리 동네에 사이렌이 울렸어."

"사이렌?"

"응, 드림버그 감염자가 나타났거든."

드림버그라는 말에 조안은 허리를 곧추세웠다. 그렇지 않아도 여기까지 오는 내내 할머니의 얼굴이 아른거리던

참이었다.

"그래서?"

"방역대가 와서 집을 뒤지더니 감염자를 잡아갔어. 켄 아저씨 알지? 그 집 아들."

켄은 새하얀 피부에 노란색 머리를 가진, 동양인 거주율이 높은 이스트랜드 새문안가에서는 보기 드문 백인 혈통의 사내였다. 조안의 기억이 틀리지 않다면 그의 집은 라딸의 집 바로 맞은편이었다. 라딸은 켄의 집에서 종종 휴대용 자동차 연료 충전기나 사다리 같은 생활용품을 빌렸다. 그리고 그의 아들인 라이엇은 학교에서 라딸을 마주할 때마다 빌려간 물건을 돌려달라는 이야기를 건네곤 했다.

"설마 라이엇 말이야?"

"응, 불쌍한 라이엇."

라딸이 끄덕이자 조현은 놀란 듯 두 손으로 자신의 입을 감쌌다. 조현의 까만 눈동자가 순식간에 두려움으로 가득 찼다. 드림버그에 대한 호기심이 곧 공포로 바뀌는 순간이었다.

"그럼 라이엇도 루나치료센터로 이송되는 거야?"

"아마도. 새벽에 켄 아저씨랑 린지 아줌마 울고불고 난리도 아니었어. 그래서 나도 잠 설쳤고."

피곤한 듯 하품하는 라딸의 눈에 살짝 물기가 어렸다. 세 사람은 조용해졌다. 이쯤 되니 모두 겁이 나는 게 당연했다. 그냥 해프닝으로 지나갈 거라고 여겼던 일이 어느새 국가적 재난으로 번지고 있었다. 주 정부는 드림버그를 퇴치할 계획을 세우겠다고 했지만 상대는 붙잡으려 들면 재빨리 종적을 감췄다. 게다가 환자들이 늘어나는 속도에 비해 치료제 개발 속도는 한참 더뎠다.

라딸이 조심스레 다시 입을 열었다.

"우리 괜찮은 건가? 학교는 가도 되는 거겠지?"

그러나 세 사람은 이미 교문을 지나 학교 운동장을 가로지르고 있었다.

학교는 평범해 보였다. 다만 평소와 다른 점이 있다면 왁자지껄하게 아침 운동을 하는 아이들의 모습이 보이지 않았다. 바깥에서 본 교실의 창문은 모두 굳게 닫혀 있고 본관 중앙 회전문은 폐쇄된 상태였다. 그리고 그 앞에 뜬 디지털 경고문에는 아래와 같은 문구가 적혀 있었다.

출입 후 문이 닫혔는지 반드시 확인하시오.

"글쎄……."

본관 중앙 현관 앞에 선 조안이 조현의 어깨를 붙잡았다. 이 길목을 지나면 조안은 조현과 서로 다른 건물로 들어가야 했다.

"이따 언니가 데리러 갈 때까지 학교에서 나오지 말고 있어, 알았지?"

그러자 조현이 이마를 짚으며 인상을 찌푸렸다.

"근데 언니, 나 머리 아파."

걱정할 거리가 생기면 곧잘 편두통을 겪는 조현이었다. 소아 편두통이 아주 희박한 사례는 아니지만 병원에서는 조현의 두통이 진짜 머리에 문제가 있어서 나타나는 증상은 아니라고 진단했다. 일찍 부모를 여읜 어린아이가 겪게 되는 일종의 PTSD(외상 후 스트레스 장애)라는 진단이었다.

"많이 아파?"

"지끈거려."

"계속 아프면 보건실 선생님께 가봐, 알겠지?"

"응."

조현이 옆 건물로 들어간 후에도 조안은 동생에게서 시선을 떼지 못했다. 조안보다 여섯 살이나 어린 동생이었다. 그 차이가 뭐 대수냐고 할 수도 있지만 한참 자라나는 시기의 여섯 살은 컸다. 키만 해도 그랬다. 또래 중에서도 큰 편에 속하는 조안에 비해 조현은 아직 언니의 허리밖에 오지 않는 수준이었다.

"가자."

본관으로 들어간 라딸이 멍하니 선 조안의 팔을 잡아끌며 경고문을 의식한 듯 문을 황급히 닫아걸었다. 그때 어딘가에서 푸드덕거리는 소리가 들려 조안이 고개를 돌렸다.

"무슨 소리 안 났어?"

"무슨 소리?"

그러나 라딸은 듣지 못했는지 눈을 동그랗게 떴다. 조안은 날카로운 눈빛으로 주위를 두리번거렸다. 문이 닫히면서 나는 미세한 마찰음이거나 라딸의 나팔바지 밑단이 바닥에 쓸리는 소리였을 수도 있다. 아니면 무언가의 날갯짓 소리였을 수도 있고.

그렇게 생각하니 계단을 오르는 조안의 호흡이 더 가빠졌다. 한 걸음 한 걸음 옮길 때마다 할머니의 코 고는 소리가 들리는 것 같은 착각이 일었다.

교실 문을 열자 아이들이 심각한 얼굴을 하고 둥글게 모여 있었다.

"무슨 일이야?"

틈을 헤집고 들어선 라딸이 묻자 누군가 대답했다.

"어제 우리 동네에 사이렌이 울렸어."

대꾸가 끝나자마자 여기저기서 아이들의 아우성이 터져 나왔다.

"우리 동네도."

"뭐야, 환자가 점점 늘어나잖아."

그 말을 끝으로 아이들의 침묵이 교실 안을 뒤덮었다. 조용히 운을 뗀 건 조안이었다.

"혹시 드림버그에 대해 아는 거 있어?"

그 질문에 조용히 구석에 있던 반장이 대꾸했다.

"그저께 우리 오빠가 루나로 이송됐어."

평소 말수가 별로 없는 반장이었다. 반장은 안경을 벗더니 휴지로 눈가를 닦으며 말을 이었다.

"밤새 흐느끼는 소리가 나서 보니까 웬걸, 오빠 자식이 울고 있더라고. 다 큰 성인이 뭔 꿈을 꾸기에 그리 서럽게 우나 싶었는데 뭔가 좀 이상하더라. 그래서 깨워봤는데 안 일어나는 거야. 다음 날 병원에 전화하니까 방역대가 와서 데리고 갔어."

누군가 작게 "젠장"이라고 중얼거렸다. 이제 이 모든 일이 결코 남의 일이 아니었다. 재난은 코앞에서 이들을 잡아먹으려 기다리고 있었다.

"그럼 자면서 계속 우는 거야? 탈수증이라도 생기면 어떡해?"

그러자 반장은 소리가 난 쪽으로 눈을 흘기며 대꾸했다.

"당연히 계속 울진 않지. 꿈속에서도 계속 슬프지만은 않을 거 아냐."

"어쨌든 진짜로 잠들어 있는 거구나."

라딸도 그 말을 듣고는 눈을 흘겼다. 이럴 땐 그냥 조용히 있는 게 낫다고 경고하는 표정이었다.

조금 뒤 교실 앞문이 열리고 케이가 들어왔다. 교탁 앞에 선 케이는 잠시 교실 안을 스윽 훑었다.

"다들 안녕?"

케이는 고도로 발달한 휴머노이드 로봇이자 선생님과 아이들을 랜선으로 연결해주는 보조 선생님이었다. 한때 인구 감소와 교권 추락으로 전 세계 곳곳에서 폐교 위기까지 갔던 학교라는 공간을 다시 살린 건 이 제도였다. 아이들은 서로 다른 민족의 역사와 문화, 새롭게 만들어진 공용어로 소통하는 법 그리고 인간의 존엄성과 도덕을 배우기 위해 학교라는 공간에서 생활했다. 그러나 가르침을 전하는 건 기존 선생님이 아니었다. 기초 학습 수업은 AI가, 심화 학습 수업은 각 분야의 전문가가 VR이나 화상 수업으로 대신했고 생활지도는 휴머노이드 로봇이 도맡았다. 조안의 반을 맡고 있는 건 K1237이었다. 편의상 모두 그를 그냥 케이라고 불렀다.

"오늘은 아침부터 긴급하게 전할 말이 있어."

케이의 목소리는 언제나처럼 침착하고 평온했지만 아이들은 불안한 얼굴로 침을 꼴깍 삼켰다.

"드림버그 사태로 문제가 걷잡을 수 없이 커져서 외부 활동을 주의해야 해. 이건 모두 알고 있지?"

곳곳에서 네, 하는 대답이 튀어나왔다.

"메인랜드에서 지침이 내려왔는데 당분간 수업은 일괄 재택으로 진행할 거다. 개별지도 할 일이 있으면 따로 사이버 상담실에서 만날 거고."

케이가 말을 마치자 교실이 술렁이기 시작했다. 라딸은 입을 벌려 조안에게 혀를 내밀어 보였다. 이럴 거면 애초에 왜 집 밖으로 나오라고 한 거냐며 푸념하는 거였다. 창가 자리에 앉은 조안은 슬쩍 밖을 내다봤다. 아침까지만 해도 쾌청했던 하늘에 어느덧 먹구름이 드리워졌다. 조안은 지끈거리는 관자놀이를 짚었다.

케이의 지시에 따라 아이들은 일어나 자리를 정돈하고 사물함에서 필요한 물건을 꺼냈다. 언제 다시 학교로 돌아올 수 있을지 기약이 없었다. 부산스러운 동작 사이로 장난기는 찾아볼 수 없었고 모두 울적한 얼굴로 기계처럼 움직였다.

고막이 찢어질 듯한 사이렌이 울린 건 그때였다. 익숙하고도 낯선 소리에 일순 아이들의 동작이 멈췄다. 서로를 경계하는 시선이 오갔고 겁에 질린 동공이 이리저리 흔들렸다. 아이들은 메인랜드의 행동 지침대로 침착하게 교실 문과 창문이 닫혔는지 확인했다. 여기저기서 이상 없다는 소리가 튀어나왔다.

조금 있으니 창밖으로 메인랜드 방역대의 이송 차량이 보였다.

"어, 저거 방역대 아니야?"

"어떡해, 누가 또 감염됐나 봐."

차가 정차한 곳은 저학년 건물 쪽이었다. 창밖을 주시하던 조안의 표정이 급격히 굳어졌다. 아닐 거라고 생각했지만 거듭 좋지 않은 일을 맞닥뜨리니 안심할 수 없었다. 아닐 거라고, 아니어야 한다고 조안은 주문처럼 중얼대며 교실 뒷문 쪽으로 향했다.

"신조안, 너 뭐 하려고?"

조안이 떨리는 손으로 교실 문을 붙들자 누군가 등 뒤에

대고 외쳤다.

"사이렌이 울리면 바깥에 나가면 안 돼, 알잖아."

그러나 망설이는 것도 잠시 조안은 그대로 교실을 뛰쳐 나갔다. 라딸과 반장이 조안을 부르는 소리가 들렸지만 어쩔 수 없었다.

조현이 괜찮은지부터 확인해야 했다.

*

조현은 보건실 문 앞에 서서 학생 정보를 입력했다. 조회 시간 전까지 약 삼십 분 남아 있었다. 두통약을 처방받고 잠시 쉴 생각이었다. 이윽고 문이 열리고 보건 담당 로봇이 조현을 향해 다가왔다.

"조현 학생, 증상이 뭔가요?"

"머리가 아파요."

"머리가 어떻게 아픈데요?"

"눈앞에 동그란 빛이 아른거리고 토할 거 같아요."

"전형적인 편두통 증세네요."

이어 로봇은 벽에 매달린 서랍 안에서 편두통 치료에 쓰이는 약을 꺼냈다. 증상을 약하게 하는 소염진통제를 처방

하는 것도 잊지 않았다.

"우선은 이걸 먹어요. 그래도 머리가 아프면 시간을 두고 진통제를 먹도록 해요."

로봇이 건넨 약을 받아 든 조현은 눈을 질끈 감고 약을 삼켰다. 그러고는 커튼으로 분리된 침대 쪽으로 자리를 옮겼다. 교실은 겁에 잔뜩 질린 아이들 때문에 다소 소란스러웠다. 수업이 시작하기 전에 조금이라도 휴식을 취해야만 회복할 수 있을 것 같았다. 무엇보다 약기운이 돌 시간이 필요했다. 몸을 웅크린 조현이 이불을 끌어당긴 다음 고개를 베개에 파묻자 주변 소음이 천천히 멀어지더니 약기운이 도는지 눈꺼풀이 묵직해졌다.

얼마나 됐을까. 침대에 붙은 알람 벨이 왱왱 울려댔다. 조현은 슬그머니 눈을 떴다. 시계를 보려는데 침대 커튼에 가려져 보이지 않았다. 옅은 신음을 내뱉자 바깥에 서 있던 로봇이 일어나 조현을 향해 다가오는 것이 느껴졌다.

"조현 학생?"

조현은 팔을 들어 몸을 일으켰다. 아니, 일으켰다고 생각했는데 아닌 모양이었다. 눈알을 굴리니 몸은 아직 침대 위에 그대로였다.

"조현 학생."

조현을 내려다보는 로봇의 표정이 묘했다. 조현을 가엾게 여기는 것 같기도 진심으로 걱정하는 것 같기도 했다. 그런데 로봇도 저런 표정을 지을 수 있던가. 자세히 보니 로봇의 얼굴이 엄마와 무척 닮아 있었다.

"엄마?"

자신도 모르게 로봇을 엄마라고 부른 조현이 흠칫 몸을 떨었다. 눈을 감았다 뜨니 어느새 로봇의 얼굴은 조현의 엄마 한새나 간호사의 얼굴로 바뀌어 있었다.

중저음의 나긋한 목소리가 조현을 달콤하게 불렀다.

"조현아."

웃을 때마다 휘어지는 눈, 살구 향 세정제 냄새가 나는 손, 말랑거리는 살갗과 바가지 모양의 숱 없는 검은 단발머리까지. 엄마가 조현을 끌어안았다. 따뜻하고 안락한 품이었다. 이렇게 사람 같은데 절대 로봇일 리 없다고 조현은 생각했다.

"왜 이제 왔어? 한참 기다렸는데……."

조현이 묻자 엄마는 고개를 들어 조현을 바라봤다. 곰곰이 생각하던 엄마가 싱긋 웃으며 답했다.

"미안해, 퇴근이 늦었어."

거주지인 이스트랜드와 근무지인 메인랜드를 오가는

엄마는 매일같이 많은 시간을 도로 위에서 보냈다. 일반 시민 차량은 섬에서도 정해진 곳에서만 공중 운행이 가능했다. 그 때문에 엄마의 차는 이스트랜드의 활주로까지 가는 데만 족히 사십 분이 걸렸다. 엄마의 하루는 늘 남들보다 일찍 시작해 늦게 끝이 났다.

"엄마, 출근 안 하면 안 돼?"

그러자 엄마가 피식 웃으며 대꾸했다.

"그럴까?"

"응, 우리 이러고 있자. 아무것도 하지 말고."

"그래, 그것도 좋겠다."

엄마가 다시 한번 조현을 끌어안았다. 조현은 엄마의 품 안으로 작은 몸을 욱여넣었다. 엄마의 옷자락에서 옅은 소독약 냄새가 났다. 오랫동안 잊지 않고 기억해두던 냄새였다. 조현의 눈에서 눈물이 후드득 떨어져 내렸다. 이상한 일이었다. 그토록 보고 싶던 엄마가 이렇게 가까이에 있는데 대체 왜 눈물이 나는 거지.

조현의 눈에 타이머가 보인 건 그때였다. 주위를 둘러보니 보건실이었던 공간은 온데간데없고 처음 보는 낯선 병실이었다. 옆에는 치료받는 군인들이 보였고 엄마가 입고 있는 옷은 그새 평화수호대 유니폼으로 바뀌어 있었다.

"그런데 조현아, 엄마 이제 가야 해."

"가다니, 어딜……."

조현은 눈물이 그렁한 눈으로 엄마의 두 손을 붙잡았다.

"안 돼, 엄마. 오늘 나랑 같이 있기로 했잖아."

"그러려고 했는데……."

엄마의 손목에 달린 호출기에서 계속 알람이 울려댔다.

"병원에서 대타를 못 찾았대."

"가지 마, 엄마."

"금방 올게."

조현의 외침에도 엄마는 부리나케 자리에서 일어나 어디론가 뛰어갔다. 아무리 조현이 울며불며 쫓아가도 소용없었다. 엄마는 사라졌고 병실이었던 주변 공간은 어느새 컴컴한 복도로 변해 있었다.

조현은 어두운 공간을 헤매며 발을 뻗었다. 그러나 아무리 달리고 달려도 계속 제자리를 뛰고 있는 것 같은 기분이 들었다. 뒤를 돌자 조현의 발목에 매달린 거대한 타이머가 보였다. 아까 전까지만 해도 한 시간에 맞춰져 있던 시계가 벌써 오십칠 분을 지나는 중이었다.

째깍대는 타이머의 초침 소리가 귓가를 울리는 순간 조현은 자신이 꿈속에 있다는 것을 깨달았다.

'그래, 이건 꿈이다. 난 지금 꿈을 꾸고 있는 거야.'

자각몽이라고 하던가. 꿈꾸는 사람이 자신이 꿈꾸고 있다는 사실을 인지하게 되는 것. 언젠가 언니가 읽어준 책의 주인공도 비슷한 일을 겪어서 알고 있었다.

"엄마?"

주위를 둘러보니 조현은 엄마가 일하던 평화수호대 군병원 정문 앞에 서 있었다. 엄마가 일하던 병원은 조현도 겨우 두어 번밖에 와보지 못한 곳이었다. 그마저도 할머니의 손을 잡고 대기실 의자에 앉아 있었던 터라 건물 안을 자세히 구경해본 적은 없다. 그런데 갑자기 왜 여기로 온 거지, 고개를 갸웃하는데 수상한 아저씨가 조현 눈에 띄었다. 불안한 표정으로 병실 근처를 기웃거리는 모습을 보니 어쩐지 낯이 익었다.

순간 조현은 멈춰 서서 허리를 곧추세웠다. 누군가 갑자기 머릿속에 미션을 입력한 것처럼 조현은 자신이 이다음에 무엇을 해야 하는지 본능적으로 알았다. 엄마는 곧 죽을 것이다. 그러니 시간 내에 엄마를 구해야 한다.

조현은 바짝 긴장한 자세로 발걸음을 옮겼다. 어디로 가야 하는지도 모르면서 발걸음이 저절로 움직였다. 평소였다면 언니 옆에 붙어 서서 울거나 어리광 부리기 바빴겠지만 지금은 아니었다.

엄마를 구해내기까지 주어진 시간이 얼마 남지 않았다.

*

교정에 시끄럽게 울려 퍼지던 사이렌이 멎고 모두 서둘러 귀가하라는 명령이 떨어졌다. 혹여나 잠든 학생이 있으면 계속 잠들지 않도록 깨워야 한다는 지시 사항도 뒤따랐다. 조안이 헉헉대며 뛰어가는 사이 운동장에 서 있던 이송 차량에 다시 시동이 걸렸다. 들것에 실린 누군가가 차에 옮겨지고 있었다.

"잠깐, 잠깐만요!"

숨을 헐떡이던 조안이 다급하게 손을 휘두르며 뛰어왔다. 방역대원 두 명이 황급히 조안을 막아섰다.

"오면 안 돼요, 학생. 여긴 안전 구역이 아니니 얼른 귀가하세요."

조안은 학교에서 제일가는 높이뛰기 선수이자 계주 선수였다. 그런 조안이 마음만 먹으면 속도를 당해낼 사람은 아무도 없었다. 재빨리 방역대원의 손아귀에서 벗어난 조안은 미끄러지듯 차량 쪽으로 몸을 던졌다. 그리고 차량의 닫힌 문을 열었을 때 눈에 들어온 건 우려했던 것처럼 동생 조현이었다.

"조현아, 신조현!"

차 안에 누운 조현은 기절한 듯 꿈쩍하지 않았다. 이따금 인상을 찌푸리거나 입술을 깨물기는 했지만 그게 다였다. 조안은 조현의 손등에서 벌레 물린 자국을 보았다.

"안 돼, 조현아. 일어나봐, 응? 일어나야 해!"

"이봐, 학생. 여긴 안전하지 않으니까 빨리 집으로 가요."

흥분해서 날뛰는 조안을 방역대원 둘이 붙어 끌어냈다. 차량은 조안의 발이 땅에 닿기 무섭게 높은 속도로 운동장을 가로지르더니 공중으로 솟구쳤다. 이송 차량에 한해 허용된 초고속 비행이었다.

조안은 허탈한 얼굴로 모래바람이 이는 운동장에 서 있었다. 가만히 서 있기만 했을 뿐인데도 몸이 덜덜 떨렸다. 교정에는 사색이 된 아이들이 썰물처럼 학교를 빠져나가고 있었다.

멀리서 라딸이 조안을 향해 허둥지둥 달려왔다.

"조안아……."

모든 것이 끔찍했다. 세 사람이 함께했던 등교가 두 사

람의 하교로 끝이 났다. 그리고 이제 집으로 돌아간 조안을
반겨줄 사람은 아무도 없었다.

입소

골목 끝 상점의 문을 활짝 열어젖힌 라딸이 어처구니없다는 듯 이마를 짚었다. 이미 이 무인 상점도 커피가 동나 있었다. 카페인이 함유된 제품군과 유통기한이 오래가는 통조림류도 마찬가지였다. 장바구니를 든 라딸은 긴 한숨을 내쉬며 말했다.

"어떻게 이래? 여기 원래 손님보다 파리가 더 많은데."

대부분 초고속 드론으로 물건을 배송시키는 시대에 떡하니 자리를 버티고 있는 몇 안 되는 무인 상점이었다. 조안과 라딸도 이곳을 방문한 것은 처음이었다. 존재감이 없어 장사하는 줄도 몰랐던 곳인데 갑자기 너도나도 드림버그를 이겨내겠다고 각성제를 찾는 탓에 평소에는 수요가 적은 가게까지 털린 모양이었다.

라딸이 조안을 홀깃대며 말했다.

"하는 수 없지, 집에서 가만히 배송을 기다릴 수밖에."

이런 상황에서 어떤 말이 위로가 될 수 있을까. 그냥 아무 말 하지 않는 편이 나으려나. 어색한 침묵이 텅 빈 상점의 선반만큼이나 공기를 썰렁하게 만들었다.

정적을 깨고 먼저 입을 연 것은 조안이었다.

"라딸, 실은 아까 말 못 한 게 있어."

"뭔데?"

"우리 할머니가 집에 누워 계셔."

"어디 아프신 거야?"

"응, 아무래도 드림버그에 물린 거 같아."

라딸은 쌍꺼풀이 진 눈을 몇 번이나 굼뜨게 끔뻑였다. 동생에 이어 할머니까지 드림버그에 감염되다니. 조안에게는 청천벽력 같은 일일 것이다.

"방역대에는 연락했어?"

"아직."

라딸은 난처한 표정으로 물었다.

"잠깐만, 그럼 환자가 집에 있다는 거잖아……. 어쩔 거야, 이제?"

조안은 대꾸할 수가 없었다. 앞으로 어떻게 해야 하는

걸까. 방역대에 알리는 순간 할머니는 루나로 끌려갈 것이다. 그렇다고 마땅한 치료제도 없이 환자를 집에서 돌보고 있을 수도 없었다.

"방역대를 호출해야겠지."

말은 그렇게 했지만 마음이 편치 않았다. 만일 이대로 할머니와 조현, 두 사람이 영영 깨어나지 못한다면? 상상하고 싶지는 않았지만 최악의 가정을 떠올릴수록 속이 울렁거렸다.

"할머니도 조현이도 깨어날 거야. 그래서 네 곁으로 돌아올 거고."

"깨어나겠지? 반드시 돌아오겠지?"

그 말을 들은 라딸이 멈칫했다. 지금으로서는 포그 환자들의 미래가 그려지지 않았지만 괜히 조안의 희망을 꺾고 싶지는 않았다.

"돌아올 거야. 안 오면 우리가 쳐들어가자."

너무 앞서갔나. 괜히 오지랖을 피운 것 같아 라딸은 그만 입을 다물었다.

"방금 뭐라고 했어, 라딸?"

"돌아올 거라고."

"아니, 그 뒤에."

"쳐들어가자?"

좋은 생각이라도 난 건지 조안은 덥석 라딸의 어깨를 붙잡았다.

"내가 왜 그 생각을 못 했지? 고마워, 라딸."

라딸은 조안이 이런 표정을 지을 때면 늘 어마어마한 일이 벌어진다는 것을 알았다. 조안에게는 언제나 비상한 구석이 있었다. 라딸은 이곳 이스트랜드 새문안가 2로 전학온 첫날, 조안의 능력을 곧바로 눈치챘다.

"네가 라딸이구나. 반가워."

이스트랜드는 전 지역을 통틀어 아프리카 혈통이 몇 없었다. 섬 자체가 다른 곳에 비해 다소 폐쇄적인 경향을 띠고 있었기 때문이다. 낯선 피부색의 이주민을 은연중에 피하는 분위기에도 조안은 라딸에게 먼저 손을 내밀었다. 마치 라딸이 이곳에 올 것을 알았다는 듯 조안은 확신에 찬 표정으로 말했다. 우린 분명 좋은 친구가 될 거야.

조안은 누구보다 민첩하고 똑똑했다. 달리기, 멀리뛰기, 장애물달리기 등 못하는 종목이 없을 정도로 운동신경이 뛰어났고 무언가를 감지하는 능력도 남달랐다. 때문에 라딸은 조안이 마음만 먹으면 해내지 못할 것이 없다고 생각했다.

"신조안, 너 또 무슨 일 꾸미려는 건⋯⋯."

라딸이 걱정하는 사이 조안은 안쪽 선반에서 무언가를 한 아름 집어 들고 왔다. 자세히 보니 소염진통제와 감기약 같은 상비약이었다.

"이걸로 뭘 어쩌게?"

어리둥절한 표정을 짓는 라딸을 향해 조안이 대꾸했다.

"잡아야지, 드림버그를."

침을 꼴깍 삼킨 조안이 말을 이었다.

"라딸, 내일 아침에 내가 연락 안 받으면 우리 집에 들러 줄래?"

라딸이 이맛살을 찌푸리며 물었다.

"너 설마⋯⋯ 스스로 유인책이 되려는 건 아니지?"

그러거나 말거나 조안은 결연한 표정으로 말했다.

"부탁 좀 할게."

그러고 나서 라딸만 남겨둔 채 쏜살같이 상점을 빠져나 갔다. 마치 해답을 알고 있다는 양 앞만 보고 달려갈 뿐이 었다. 그 모습이 왠지 걱정스러워 라딸은 검지로 이마를 긁 었다.

*

웨스트랜드 남서부에 있는 작은 섬 미아로마. 이 섬의
남쪽 끄트머리에는 포그 상태의 환자들을 보살피는 치료
센터 루나가 설립되었다.

그리고 미태나는 지금 바로 그 루나 앞에 서 있었다. 하
얀 벽돌로 차곡차곡 쌓아 올린 건물이었다. 거대한 돔 모양
의 초록색 천장이 맨 꼭대기에 뚜껑처럼 덮여 있었다. 센터
입구에는 각지에서 날아온 이송 차량이 빽빽하게 들어서
있었고 그 앞에는 대기 중인 환자용 침대가 여럿 보였다.
보행자가 들어갈 수 있는 입구 옆 통로에는 검역대가 검문
중이었다. 분명 센터에서 인증받은 의료진이나 자원봉사
자만 입장이 허용될 터였다.

미태나는 주머니에서 나노 렌즈가 담긴 통을 꺼냈다. 신
분증 대신 홍채로 신원을 확인하는 안구 인식법이 통과되
면서 대부분의 신원 확인은 모두 눈으로 이루어졌다. 이와
같은 이유로 어떤 사람은 신분을 위장하기 위해 사람의 각
막과 같은 재질로 만들어진 흡수용 나노 렌즈를 착용하기
도 했는데, 미태나가 며칠 전 메인랜드 암시장에 간 것도
바로 그 때문이었다. 미태나는 누군가의 신분을 샀고 그때

얻게 된 위장 신분이 통 안에 들어 있었다.

뚜껑을 열자 각막 형태의 투명한 렌즈가 나타났다. 미태나가 눈꺼풀을 벌려 렌즈를 착용한 다음 몇 번 끔뻑이자 새로운 신분 주인의 정보가 몸 전체에 입력되기 시작했다.

이름: 윌 사버

나이: 21세

소속: 메인랜드 교육기관 사왈 의과학부

가볍게 몸을 털어낸 미태나는 자신의 털 색깔이 달라지는 모습을 가만히 지켜봤다. 어느새 미태나의 머리색도 짙은 검은색에서 밝은 고동색으로 변하고 콧잔등은 한층 더 낮아졌다. 피부색은 보다 밝아지고 눈동자 색깔은 짙은 초록색으로 바뀌었다.

사왈 의과학부 학생인 윌이 자신의 신분을 판 이유는 단순했다. 방학 동안 다른 섬으로 여행 가는 데 쓸 여윳돈이 필요해서. 고작 그런 이유로 어떤 사람은 자신의 신분을 빌려주었다. 그는 아마 미태나가 무슨 생각으로 자신의 신분을 빌렸는지는 절대 상상도 못 할 것이다.

어쨌거나 미태나의 입장에서는 고마운 일이었다. 덕분

에 이 센터에 입소할 기회를 얻게 되었으니 말이다. 게다가 월은 의과학부 소속이기 때문에 드림버그 연구팀에 배치받을 가능성도 높았다. 그것이 미태나가 이곳에 찾아온 이유이기도 했다.

"여기 잠시 서주시죠."

검역 로봇이 미태나의 몸을 스캐너 앞에 세웠다. 혹시나 위협이 될 만한 물품이나 무기를 소지했는지 확인하는 절차였다.

"신분과 소속을 확인하겠습니다."

한참 동안 정보를 조회하던 로봇이 고개를 갸웃하더니 물었다.

"월 사버 씨 되십니까?"

"네, 그런데요."

아무렇지 않은 척했지만 미태나의 몸이 살짝 굳었다. 혹시 신분을 빌린 걸 들킨 건가. 정보 조회에 소요되는 시간이 길어지고 있었다. 잠시 후 검역 로봇이 고개를 들고 말했다.

"흠, 월 씨는 원래 지난주 금요일에 입소하셨어야 하는 일정이네요. 늦으셨으니 봉사 마감 일정을 사흘 더 연장하겠습니다."

다행히 문제가 있는 건 아닌 듯했다. 미태나는 안도의 한숨을 내뱉으며 알아들었다는 듯 고개를 끄덕였다.

"들어가서 삼층으로 올라가세요. 데스크에서 제임스 씨를 찾아왔다고 말씀하시면 됩니다."

검역 로봇의 안내에 따라 미태나는 건물 안으로 들어섰다. 센터는 생각보다 넓고 거대했다. 대부분 의료진은 드림버그에 물리지 않도록 특수 처리된 재질의 옷을 입고 있었는데 눈, 코, 입을 제외하고 전신이 투명한 천으로 가려져 있었다. 미태나는 로봇이 알려준 대로 삼층 데스크를 찾았다. 그곳에서 호출 벨을 누르고 용건을 입력하자 데스크에 붙은 기계에서 목소리가 흘러나왔다.

"윌이라고 했나? 오층 연구실로 올라오게."

허스키한 음성의 중년 남자였다. 필요한 용건만 전달한 남자는 미태나의 대답을 듣기도 전에 연락을 뚝 끊어버렸다. 괜히 멋쩍어진 미태나가 주변을 둘러보았지만 모두 각자 할 일을 하느라 여념 없는 모습이었다. 미태나는 전에 주인집 할아버지가 우스갯소리처럼 했던 말을 떠올렸다.

'도시의 시간은 우리의 것보다 몇 배는 더 빠르게 흘러가지. 거기서 꾸물대다가는 아주 쉽게 낙오되어버린다고.'

실제로 마주하니 생각했던 것보다 더 치열하고 정신없

는 분위기라는 건 알 수 있었다. 미태나는 움츠러들었던 어깨를 펴고 속으로 외쳤다.

'쫄지 마. 난 할 수 있다. 할 수 있어.'

용기가 필요할 때마다 몇 번이고 되뇌던 말이다. 어떤 말은 주문의 효과가 있어서 아주 오랫동안 빌고 빌면 진짜가 된다고, 엄마가 미태나에게 한 말이었다. 그리고 이곳까지 온 이상 후퇴할 수는 없었다.

오층 연구실을 찾아가야 하는데 승강기가 너무 멀리 있었다. 고민하던 미태나는 이동 시간을 줄이기 위해 지나가던 풍선 봇을 잡아 쥐었다. 풍선 봇은 원하는 곳을 말하면 아주 빠르게 데려다주는 이동 봇이었다.

"월 사버 님, 루나에 오신 걸 환영합니다. 이곳은 총 십이 층으로 지어진 건물로, 바깥에서는 하나의 건물처럼 보이지만 실제로는 두 개의 동으로 나뉘어 있습니다. 여기는 메인 입구가 있는 건물이자 치료를 목적으로 한 입원동입니다. 어디로 데려다드릴까요?"

"오층 연구실로 데려가줘."

"말씀하신 오층 연구실이라면 옆 건물인 연구동 쪽에 있습니다. 제가 데려다드릴 수 있는 건 연구동 입구까지고요. 이동에는 약 십오 초 소요되고 속도가 빠르니 꽉 붙잡으셔야 합니다. 괜찮으십니까?"

"괜찮아."

"네, 그럼 이동하겠습니다."

공중으로 솟아오른 미태나의 몸이 눈 깜짝할 사이 오층 연구동 입구에 다다랐다. 미태나를 무사히 착륙시킨 풍선 봇은 도착했다는 메시지를 남긴 후 다시 천장을 향해 붕 떠올랐다. 미태나는 연구동 게이트 입구 앞 안구 인식기에 눈을 가져다 댔다. 띠릭 하는 소리와 함께 신분이 인증되고 문이 열렸다. 눈앞에 보이는 건 푸른색을 띠는 터널이었다. 안쪽에 고여 있던 찬 공기가 바깥으로 새어 나왔다. 미태나는 다시 한번 방역복에 붙은 디지털 사원증을 매만지며 발걸음을 옮겼다.

드림버그를 만날 생각에 벌써부터 미태나의 심장이 빠르게 뛰었다.

*

툭툭.

평소에는 잘 들리지도 않던 소리가 조안의 고막을 파고들었다. 사물이 제자리를 벗어나는 소리, 먼 데서 누군가

버석거리며 땅을 밟는 소리, 바람결에 종이 나부끼는 소리, 오래된 벽지가 부풀어 시멘트 갈라지는 소리. 원래라면 한참 주의를 기울여야 들리는 소리였다.

조안은 집 안의 모든 창문을 활짝 열어둔 채 가만히 누워 있었다. 이렇게 누운 지도 벌써 한 시간이 지났다. 머리맡에는 아까 전 삼킨 감기약의 빈 껍질이 굴러다녔고 거실의 공기는 서늘했다. 시간이 지날수록 조금씩 눈꺼풀이 무거워졌다.

서걱서걱.

어느새 잠들어버린 조안의 귀에 아까와는 다른 소리가 들렸다. 잠결에도 소리는 선명했다. 소리가 점점 커지다 지척에서 멈췄을 때 간신히 정신을 차린 조안이 눈꺼풀을 끔뻑였다. 눈앞에 아른대는 건 오색 빛을 뿜어대는 드림버그였다.

'역시 찾아올 줄 알았어.'

그런데 제대로 보니 한 마리가 아니었다. 눈을 뜬 조안은 경악할 수밖에 없었다. 무려 수십 마리의 드림버그가 조안의 몸을 에워싸고 있었다. 보아하니 아직 조안을 물기 전인 것 같았다. 이상한 일이었다. 물려면 진즉 물었어야 하는데.

순간 드림버그들이 일제히 동작을 멈췄고 조안은 그것들과 눈이 마주쳤다. 그것은 꿈쩍하지 않은 채 조안을 그저 바라보기만 했다. 눈이 마주쳤다고 생각한 게 결코 착각은 아닌 모양이었다. 조안은 황급히 몸을 일으켜 그것을 떼어 냈다.

"싫어, 싫다고!"

한참 난리법석을 피운 후에야 드림버그들은 모두 바닥에 떨어졌다.

"저리 가, 저리 안 가?"

조안이 손짓하자 녀석들은 일제히 창밖으로 날아갔다. 날 수 있는 발광 거미라니. 아무리 생각해도 징그러웠다. 정신을 차린 조안이 거울 앞에서 몸 구석구석을 살폈다. 벌레에 물린 자국은 보이지 않았다. 그래도 혹시나 하는 마음에 이번에는 뺨 한쪽을 세게 꼬집었다. 매운 손맛이 진하게 느껴졌다. 반대쪽 뺨을 잡아당겨도 쓰라린 건 똑같았다. 하지만 이것만으로는 꿈속이 아니란 걸 증명할 수 없었다. 조안은 서둘러 라딸에게 연락을 취했다. 긴 통화 연결음 끝에 건너편에서 라딸의 잠긴 목소리가 들려왔다.

"조안? 무슨 일이야?"

"라딸, 지금이 몇 시지?"

"어, 잠깐만. 새벽 두시 반?"

"우리가 오늘 뭐 했는지 기억해?"

"뭐? 아까 낮에 있었던 일 기억 안 나? 조현이가 학교에서 방역대에 잡혀갔⋯⋯."

"아, 고마워. 내가 꿈을 꾸는 게 아닌지 확인한 거야."

라딸의 목소리를 들으니 조안은 한결 안심됐다. 아직 잠들지 않았다. 그러나 일이 계획대로 풀리지도 않았다. 예상보다 너무 많은 드림버그가 들이닥친 탓이었다.

"그래서 조안, 드림버그는 유인한 거야?"

"유인하기는 했는데⋯⋯."

침대에 앉으려는데 밑에서 부스럭거리는 소리가 났다. 조안은 경계 태세를 갖추고 바닥을 뚫어져라 응시했다. 잠시 후 침대 아래에서 드림버그 한 마리가 불쑥 고개를 내밀었다. 이번에도 녀석은 움직이지 않고 가만히 조안을 보고만 있었다. 어쩌면 이번에야말로 녀석을 생포할 기회였다.

"거기 꼼짝 말고 있어."

"뭐라고?"

수화기 너머로 라딸이 물었지만 조안은 개의치 않고 중얼거렸다.

"자, 이제 이 안에 들어가."

조안의 지시에 따라 녀석은 천천히 채집통 쪽으로 걸음을 옮겼다.

"멈춰."

그러자 녀석이 우뚝 멈춰 섰다. 정말 신기한 일이었다. 녀석이 조안의 말을 알아듣는 듯 행동했다. 조안은 다시 손가락을 들어 명령을 내렸다.

"자, 다시 이쪽으로 와."

녀석이 조안의 손 위로 기어올랐다. 도무지 믿을 수 없는 일이었다.

"너 설마…… 내 말을 알아듣는 거야?"

조안이 묻자 녀석의 몸통이 환하게 빛났다가 사그라졌다. 꼭 그렇다고 대답하는 것만 같았다.

"조안, 대체 아까부터 누구랑 얘기하는 거야?"

때마침 들려온 라딸의 목소리에 조안은 침착하게 입을 열었다.

"라딸, 해 뜨자마자 여기로 와줄 수 있어?"

"무슨 일인데?"

"확인할 게 좀 있어."

아무래도 이 녀석이 자신의 말을 알아듣는 건지 확실한 검증이 필요했다.

*

　방호복을 입은 미태나가 연구동 안의 소독 통로를 걷고 있었다. 그러나 한참을 걸어도 연구실 문은 나타나지 않았다. 얼마나 더 걸어가야 하는지 감이 오지 않았다. 끝없는 통로에 지쳐갈 즈음, 벽처럼 보이던 문이 열리고 연구원으로 보이는 젊은 여자가 나와 미태나를 맞이했다.

　"네가 윌이니?"

　"네, 혹시 제임스 씨인가요?"

　그러자 연구원은 고개를 저으며 방호복 앞섶에 각인된 디지털 사원증을 가리켰다.

　"나는 하다코야. 이곳에서 인턴 연구원으로 일하고 있어."

　이미 윌에 대한 정보 입력이 끝난 모양이었다. 하다코는 미태나의 얼굴을 힐끔 보면서 물었다.

　"메인랜드에 있는 사왈을 다닌다고?"

　"네."

　"좋은 학교 다니네. 난 사왈 옆에 있는 세현을 졸업했어. 나도 같은 의과학부 출신이고."

　사왈에 대해 미태나가 알고 있는 정보는 암시장에서 들

은 게 전부였다. 자세한 정보까지는 미태나도 잘 알지 못했다. 같은 학교가 아니라 다행이라고 생각하며 미태나는 표정을 폈다.

앞장서서 걷던 하다코는 뒤돌아 몇 가지 당부할 사항을 이야기해주었다.

"여기서부터는 주의해야 해. 앞으로 네가 이곳에서 보고 들은 정보는 이 연구동 밖에 발설하면 안 되거든. 특히 지금 들어가는 이 마지막 연구실에서의 일은 더더욱. 말은 봉사단이지만 하는 일은 인턴 연구원 보조니까 엄연히 의과학 윤리를 따라야 하고. 사왈 학생이면 무슨 소리인지 대충 알아듣지?"

하다코의 말을 들은 미태나는 입을 지퍼로 닫는 동작을 취했다. 센터에서 알아낸 정보를 외부로 발설할 생각은 없었다. 미태나가 이곳에 온 목적은 좋은 일자리를 얻기 위함도, 치료제를 만들기 위함도 아니었으니까. 미태나는 그저 드림버그가 어떻게 만들어지고 어떤 방식으로 사람을 감염시키는지 궁금했다. 그리고 드림버그의 존재를 추적하다 보면 언젠가 미태나가 찾는 상대의 흔적도 자연스레 나타날 거라고 믿었다.

"자, 여기가 연구동이야."

정식 연구원 신분으로만 출입 가능한 마지막 문이 열렸다. 하다코의 뒤를 따라 미태나는 뚜벅뚜벅 실험실 안으로 들어갔다. 들어서자마자 좌우로 길게 늘어선 유리관이 보였고 그 안에 담긴 수많은 종류의 거미들이 눈에 들어왔다. 모양과 크기, 색깔까지 모두 각양각색이었다. 슬쩍 봐도 수집하는 데 꽤 많은 공을 들인 것 같았다.

"이것들 다 진짜 거미인가요?"

미태나의 질문에 하다코가 고개를 끄덕였다.

"응, 현존하는 모든 거미를 거의 다 모은 셈이지."

"그럼 드림버그도 거미의 한 종류인 거예요? 개량종이나 변종 같은……."

그러자 실험실 맨 안쪽까지 다다른 하다코가 어딘가를 가리키며 말했다.

"아니, 그게 우리가 풀어야 할 문제야. 드림버그는 진짜 거미가 아니거든."

미태나는 하다코의 옆에 있는 작은 유리관에 시선을 옮겼다. 그제야 눈에 들어온 건 유리관 안에 배를 뒤집은 채 누워 있는 드림버그였다. 하지만 애석하게도 몸통은 갈라지고 다리는 떨어져 나간 상태였다.

"이 녀석, 죽은 거예요?"

하다코가 긴 한숨을 내쉬며 말했다.

"맞아, 더 큰 문제가 있다면 바로 이거지. 안타깝게도 우리가 아직 살아 있는 녀석을 잡지 못했다는 거."

그 사이 미태나는 유리관에 가까이 다가가 그것을 자세히 살펴보았다. 아무리 봐도 그 존재가 진짜 거미 같아 보이지는 않았다.

"이게 대체 뭘까요?"

"확실한 건 생명체는 아니라는 거야. 세포 없는 생명체는 없으니까."

하다코의 말을 들은 미태나는 한 대 얻어맞은 표정이 되었다. 예상치 못한 말 앞에서 미태나의 머리가 복잡해졌다.

상대는 실체가 없다. 그렇다면 미태나가 쫓고 있는 건 과연 뭘까. 살아 있는 게 아닌데 움직이는 존재. 무생물인데 생명체처럼 느껴지는 존재. 언젠가 이런 존재에 대한 이야기를 들은 적이 있던 것 같은데…….

골똘해진 미태나의 오른쪽 어깨를 가볍게 쥐며 하다코가 말했다.

"그럼 시작해볼까?"

정신을 차린 미태나가 고개를 들자 하다코는 알쏭달쏭한 미소를 짓고 있었다. 미태나의 어색한 웃음을 본 하다코가 코를 찡그리며 말을 이었다.

"보다시피 겨우 시작 단계라 환자들 치료하려면 우리가 서둘러야겠지?"

'우리'라고는 했지만 실은 미태나에게 내려진 엄포일 것이다. 미태나는 입술에 힘을 주어 간신히 웃는 얼굴을 지어 보였다. 그러면서 하다코가 눈치채지 못하도록 그녀의 연구원 신분증을 스캔했다. 우선 이곳에서 미태나가 원하는 것을 얻을 때까지 신분을 들키지 않는 것이 중요했다.

*

조안이 호출한 지 약 두 시간이 지나서 라딸은 그녀의 집에 도착했다. 두 사람은 거실 한복판에서 바닥에 죽은 듯이 붙어 있는 드림버그를 뚫어져라 쳐다봤다. 한참 동안의 눈싸움 끝에 먼저 입을 연 쪽은 라딸이었다.

"이리 와."

그러나 드림버그는 꿈쩍도 하지 않았다.

"이 녀석, 자는 거 아니야?"

"다시 해봐."

라딸은 한 번 더 심호흡한 다음, 입술에 힘을 주어 또박

또박 말했다.

"제자리에서 뛰어."

이번에도 녀석은 딴청만 피우면서 자신의 긴 다리를 비비고만 있었다.

"뭐야, 멍청한데?"

다음은 조안의 차례였다.

"이리 와."

그러자 다리를 비비던 녀석이 곧장 동작을 멈추고 조안 쪽을 향해 걸음을 옮기기 시작했다.

"내 손에 올라탈 수 있겠어?"

그 말이 떨어지기 무섭게 녀석은 조안의 손바닥 위로 껑충 올라탔다. 조안은 고개를 돌려 라딸을 쳐다봤다. 라딸은 떡 벌어진 입을 겨우 다물고 말했다.

"말도 안 돼. 네 말에 반응하잖아."

조안은 고개를 끄덕였다. 손바닥 위에는 약지만 한 크기의 드림버그가 얌전히 앉아 있었다.

"라딸, 지금 이게 무슨 상황인 거 같아?"

조안이 묻자 라딸은 어깨를 으쓱해 보였다. 네가 모르면 누가 아느냐는 표정이었다.

"나 말이야, 드림버그 면역이 있는 거 아닐까? 모기도 유독 많이 물리는 사람이 있는 것처럼 내 피는 맛이 없을 수도 있는 거지."

그러자 라딸이 인상을 찌푸렸다.

"드림버그는 피를 먹는 게 아니잖아. 사람을 감염시켜서 악몽을 꾸게 만드는 거라고."

물론 라딸의 말처럼 모기와 드림버그는 전혀 다른 종자였다. 모기는 피가 맛있든 맛없든 자신의 배를 채우기 위해 사람을 무는 반면 드림버그는 뇌에 침투해 인간을 조종하려 한다. 그렇지만 조안은 으레 모든 재난 영화가 그렇듯 전 세계에 드림버그 면역을 갖춘 사람이 한 명쯤은 있을 것이라고 믿었다. 그리고 그 주인공이 자신이 되지 말란 법도 없다고 생각했다.

멈칫한 라딸이 걱정스럽게 덧붙였다.

"어쨌든 네가 면역자라면 앞으로 아주 피곤해질 텐데."

그 말을 듣자마자 조안은 자신이 실험체가 되어 연구실에 끌려가는 모습을 상상했다. 생각하는 것만으로도 몸서리쳐지고 몹시 불쾌했다.

"연구원들이 널 가만두지 않을 거야, 괜찮겠어?"

조안이 불안한 표정으로 침대에 누워 있는 할머니를 바라봤다.

"그렇지만 내가 진짜 면역자라면 많은 사람을 도울 수도 있겠지."

만약 자신 덕에 할머니와 조현이 깨어날 수 있게 된다면 그것만으로 의미는 있을 것이다. 한참을 망설이던 조안은 결심한 듯 구급 호출 버튼을 꾹 눌렀다.

"그러니까 방역대를 부르고 입소하려고, 루나에."

조안의 눈빛에는 불안함과 굳건함이 공존했다. 그 눈빛은 겁은 나지만 불편함을 감수하겠다는 뜻이기도 했다. 라딸은 더는 어떤 말도 할 수 없었다. 조안은 이번에도 조안다운 선택을 내렸고 어떻게든 마음먹은 일을 하고야 말 것이다.

"그래, 가서 조현이를 데려와야지."

"그래야지."

라딸은 처음 조안을 만난 날처럼 그녀에게 손을 내밀었다. 늘 그래왔듯 응원의 뜻을 담은 악수였다.

"행운을 빌어, 조안."

"고마워. 너도 조심해, 라딸."

한동안 말 없는 격려의 시선이 오갔고 멀리서 이송 차량의 비행 소리가 점점 가까워졌다. 소리를 들은 조안이 입술을 꽉 깨물었다.

악몽의 원칙

제임스는 오전 내내 입원동에 있는 환자들의 상태를 살폈다. 포그 환자가 어제보다 무려 서른네 명이나 늘었다. 이 정도 추세로 환자가 증가한다면 곧 이 입원동의 병실도 가득 찰 터였다.

날카로운 눈초리로 시설물을 훑은 제임스가 짧은 숨을 내쉬었다. 센터 안에 수면 뇌파를 검사하는 기계가 턱없이 부족했다. 본부에 상황을 전하고 추가 예산을 얻기 위해 노력 중이었지만 기계를 더 들인다고 해서 마땅한 해결책이 생기리란 보장은 없었다. 연구동을 빠져나온 그는 발걸음을 재촉하며 옆에 있던 수석 연구원에게 물었다.

"검사 결과는 다 집계됐나?"

"네, 그런데……."

말끝을 흐린 연구원이 어두운 얼굴로 제임스한테 디지털 차트를 내밀었다. 차트에 적힌 결과를 본 제임스의 눈썹이 단번에 휘어졌다.

"대부분이 감마파잖아?"

환자들의 수면 뇌파 기록을 분석한 차트였다. 포그 환자를 대상으로 진행되는 검사는 보통 혼수상태, 수면장애, 마취 등의 상태를 파악하기 위해 측정된다. 잠든 사람의 뇌파를 검사하면 대개 숙면 상태일 때는 델타파, 졸거나 최면 상태일 때는 세타파를 위주로 그래프가 그려진다. 간혹 꿈에 너무 집중하거나 스트레스받는 상태에 놓이면 베타파나 감마파가 나타나기는 하지만 드문 편이다.

차트를 든 제임스가 믿기지 않는 얼굴로 중얼댔다.

"말도 안 돼."

감마파라고 하면 사람이 어려운 과제를 수행하거나 극도의 흥분 상태에 놓여 있을 때 나타날 가능성이 높았다. 그런데 제임스가 보고 있는 건 잠든 사람의 그래프였다. 잠든 상태에서 감마파가 나타난다는 건 그가 아주 집중해서 꿈꾸고 있거나 가위에 눌리는 것처럼 극도의 긴장 상태에 처해 있다는 뜻이었다.

제임스는 골똘한 얼굴로 입을 열었다.

"사람이 이렇게 긴 시간 꿈꾸는 게 가능한가?"

"그런데 교수님, 더 우려스러운 건……."

수석연구원이 침을 삼키고 덧붙였다.

"이렇게 되면 환자의 면역력이 점진적으로 떨어질 거라는 거예요. 원래 꿈은 짧게 꾸기 마련인데, 이 경우엔 환자가 수면 상태에서 계속 스트레스 상황에 처해지는 셈이니까요."

결국 포그 상태의 환자가 어떤 질병에 노출될지 알 수 없다는 말이었다. 이런 사례는 오랜 시간 의과학을 연구한 제임스도 처음이었다.

'버그(BUG)'라 일컫지만 연구 결과 드림버그는 진짜 벌레가 아니었다. 실험실에 남아 있는 빈껍데기에서 그 어떤 유전정보나 세포의 흔적도 찾을 수 없었으니까. 그렇기에 원칙적으로 그것들은 세균이나 바이러스를 만들어낼 수도, 인간을 감염시킬 수도 없었다. 그럼 드림버그는 사람이 만들어낸 인공적인 존재인 걸까. 만일 기계라거나 나노 분자로 만들어진 인위적인 생명체라면 몸통이나 다리에서 무언가가 나왔어야 한다. 하지만 분석 결과 드림버그의 몸을 구성하는 성분은 거의 먼지나 다름없었다.

제임스는 어두운 얼굴로 입원동과 연구동 사이 중앙 터

널에 위치한 비밀 승강기에 올라탔다. 지금으로서는 상부에 전할 만한 이야기가 없었다. 그렇지만 화요일 오전에는 무조건 센터장에게 지금까지의 연구 결과를 보고해야 했다. 제임스는 무거운 발걸음으로 센터의 총책임자가 머무는 방 앞에 섰다.

"들어오세요."

문 앞에 내재된 스피커폰에서 소리가 들리더니 곧 문이 열렸다. 이어 사무실 안쪽 침대에 누워 있던 남자가 몸을 일으켜 제임스를 맞았다.

"왔어요?"

루나의 센터장이자 이곳을 관리하는 총책임자, 빌리 오. 그는 과거 메인랜드의 AI 혁신을 주도하던 벤처 사업가로 이름을 날리다 삼 년 전, 메인랜드에서 일어난 테러로 왼쪽 다리를 다친 뒤 사람들이 살지 않는 이곳 웨스트랜드 미아로마로 이주한 자였다. 빌리는 이곳에서 안락한 노후를 보내고자 대형 요양병원을 설립해 운영하던 중 드림버그를 목격했다.

제가 바라는 것은 오직 평화, 그뿐입니다.

루나 센터장인 그가 내세운 슬로건이었다. 두 달 전, 전 세계가 드림버그 사태에 휩싸이자 빌리는 운영하고 있던 요양원의 환자들을 옮기고 센터를 확장해 루나를 만들었다. 그리고 전 재산을 들여 만든 이 치료센터를 포그 환자들을 돕기 위해 선뜻 내놓았다. 이 거대한 선행에 언론에선 모두 앞다퉈 빌리 오라는 인물을 조명하겠다고 뛰어들었다. 하지만 취재는 결코 이뤄지지 않았다. 빌리가 자신의 선의를 세상에 알리고 싶지 않다는 뜻을 밝혔기 때문이다. 그것이 빌리가 제임스를 루나의 얼굴로 내세운 이유기도 했다. 덕분에 제임스는 하루아침에 전 세계의 감염병 예방에 힘쓰는 연구자가 되었고 촉망받는 인재를 길러낼 전도유망한 교수로 자리 잡을 수 있었다.

　제임스가 자리에 앉자 빌리가 물었다.

　"연구에 진척이 있습니까?"

　그의 옆에 서 있던 조수 로봇이 다가와 제임스에게 따뜻한 허브티를 권했다.

　"고마워요."

　짧게 묵례하자 로봇이 두 손을 모으고 답례하듯 인사했다. 고개를 든 제임스는 빌리를 잠시 말없이 바라봤다. 중국계 미국인의 혈통을 이어받은 그는 올해로 마흔일곱 살이지만 겨우 삼십대 중반 정도의 나이대로 보였다.

제임스는 찻잔을 들며 조용히 말했다.

"솔직히 말씀드리면 상황이 좋지 않습니다."

포그 환자가 처음 나타난 지도 어느덧 삼 개월, 이쯤 되니 의과학에 정통한 사람조차 이 연구를 지속해야 하는지 확신이 서지 않았다.

"그렇군요."

제임스를 보던 빌리의 눈빛이 다소 측은해졌다. 그는 손가락을 들어 조수 로봇을 부르더니 제임스의 고충을 다 안다는 듯 이야기했다.

"우선 뇌파 측정기는 더 준비하기로 했어요. 환자 침대를 들일 공간이 충분하지 않으면 새로운 센터를 만들면 되니 그것도 걱정하지 말아요."

"감사합니다."

"그보다 내가 제안할 게 하나 있어요."

"제안이요?"

"네, 포그 환자들의 뇌파를 분석한 결과 수면 중임에도 뇌가 활발하게 움직이고 있더군요. 맞나요?"

"맞습니다."

제임스는 고개를 끄덕이며 생각했다. 역시 책임자는 책

임자다웠다. 일선에서 물러나 있는 것처럼 보여도 빌리는 항상 센터의 모든 것을 꿰뚫고 있었다.

"그럼 혹시 사람이 꿈을 꾸면서 외부 자극에 반응하는지 검사해보는 건 어떻습니까?"

그 말을 들은 제임스는 고개를 갸우뚱했다.

"그게 무슨 말씀이신지……."

"음, 쉽게 말하면 외부 자극을 강화하는 겁니다. 어떤 지시나 명령을 내렸을 때 뇌파가 달라진다거나 신체 반응이 있는지 검사해보는 거예요. 예를 들면 이런 거죠. 흔히 성장기 아이들이 추락하는 꿈을 많이 꾼다고 하지 않습니까?"

자라나는 아이들이 높은 곳에서 떨어지거나 날아오르는 꿈을 많이 꾼다는 이야기는 제임스도 들어본 적 있었다.

"그런 꿈을 꾸고 있는 아이한테 '착지해'나 '뛰어'라고 명령을 내린다면 신체가 어떻게 반응할까요? 실제로 무릎을 구부린다거나 주먹을 쥔다거나 하는 식으로 몸이 움직일수도 있겠죠. 그럼 나중에 '깨어나'라고 이야기할 때 진짜 깨어나기 위해 노력할 수도 있을 거고요."

"반복해서 메시지를 입력하라는 말씀이십니까?"

"네."

"일종의 주입식 훈련처럼요?"

"그런 셈이죠."

그렇지만 꿈속에서 착지 기술을 터득한다고 해서 실제로 몸이 착지 기술을 체득할 가능성이 얼마나 될까. 일반적인 경우 수면자가 깨어나야 한다고 결심하면 수면자의 신체 또한 깨어날 준비를 하기 마련이다. 그런데 지금으로서는 아무리 안팎으로 외쳐도 포그 환자들은 깨어날 기미조차 보이지 않았다.

"지금도 외부 자극요법은 시행하고 있습니다. 물론 말씀하신 것처럼 같은 단어를 반복적으로 주입해보지는 않았지만……."

제임스가 말끝을 흐리자 빌리는 그의 속내를 읽은 듯 이야기했다.

"제임스, 당신이 계속해서 반복적으로 같은 꿈을 꾼다고 한번 생각해봐요. 처음에는 떨어지는 게 무서웠던 사람이어도 어느 순간부터 저도 모르게 약간의 기술을 터득할 수도 있지 않을까요?"

빌리는 찻잔을 들어 한 모금 마셨다. 돌아가는 상황에 비하면 퍽 여유로운 표정이었다. 물론 그의 가설도 일리는 있었다. 계속해서 꿈을 꾸다 보면 꿈속에서 공격받는 상황을 맞닥뜨려도 신체의 긴장감이 느슨해질 수 있는 법이다. 마음이 진정되면 악몽의 강도 역시 떨어질 가능성이 있을 것이다. 다만 문제가 있었다.

제임스는 한 번 심호흡하고 입을 열었다.

"문제는 의료진이 환자가 어떤 꿈을 꾸고 있는지 모른다는 겁니다. 어떤 지시 사항을 입력해야 할지……."

그러자 빌리는 그건 걱정거리조차 되지 않는다는 듯 고개를 저었다.

"제임스는 최근에 푹 잤나 봐요. 악몽 꾼 적 없어요?"

그러고 보니 제임스는 고된 업무 때문에 꿈을 꾼 기억이 희미했다.

"좀 됐네요."

"그렇군요. 부럽네요, 난 악몽을 자주 꾸는데."

콧잔등을 찡그리던 빌리가 말을 이었다.

"어떤 날엔 악령이 쫓아오기도 하고 어떤 날엔 해일을 만나기도 하죠. 흔들리는 땅 위에 버티고 서 있기도 하고 어딘가에서 탈출하려고 높은 곳에 오르기도 해요. 내가 알던 사람이 날 배신하기도 하고 누군가 세상을 떠나 슬퍼하기도 하고요. 하지만 대부분의 악몽이 그렇듯 원칙은 같아요. 이 꿈에서 벗어나려면 꿈꾸는 내가 어떤 노력을 기울여야 하죠. 그러기 위해서는 적어도 싸울 줄 알아야 해요."

"싸운다고요?"

제임스가 되묻자 빌리는 빙긋 미소를 지었다.

"그럼요. 가만있으면 절대 벗어날 수 없습니다. 꿈에서 깨려면 꿈꾸는 사람이 적극적으로 나서야 해요. 그러니 그 점을 한번 활용해보는 건 어떨까요? 상대가 무엇이든 싸워라, 싸워서 이겨라. 그럼 도움이 될지도 모르잖아요?"

제안처럼 들리지만 실은 지시였다. 빌리는 늘 부드러운 말투로 권하듯 이야기하지만 궁극적으로 자신이 원하는 것을 실행해야 직성이 풀리는 타입이었다. 곰곰이 생각하던 제임스는 알겠다는 듯 고개를 끄덕였다. 각성제를 주입하는 것도 외부의 큰 자극도 소용없다면 결국 환자 스스로 눈을 떠야 한다. 그것만큼은 제임스도 부인할 수 없는 사실이었다.

*

꿈속에서 평화수호대 군 병원에 갇힌 조현은 몇 번이나 같은 자리를 맴돌았다. 이제 저 복도에서 오른쪽으로 꺾으면 이 군 병원의 절반을 날려버린 테러리스트가 보일 것이고 그가 설치한 폭탄이 나올 것이다. 폭탄이 터지기 직전, 테러리스트는 마지막으로 주변 환경을 점검하기 위해 자리를 비운다. 그가 돌아올 때까지 남은 시간은 이 분 사십 초. 조현에게 주어진 시간도 마찬가지였다. 그 시간 안에 조현이 할 수 있는 건 뭘까.

여태까지 약 열세 번 정도 반복된 상황을 겪으며 조현이 깨달은 건 이 복도로 들어오면 엄마가 곧 사라진다는 것이다. 상황을 바꾸기 위해 엄마를 설득하거나 자리를 옮기려고 해도 엄마는 결국 이 복도로 들어오게 된다. 더 이상 상황을 바꿀 수 없다는 것을 알게 된 조현은 결국 폭탄을 처리하는 쪽으로 방향을 틀었다.

불행 중 다행인 점은 조현이 메인랜드가 추천하는 안보 가이드에 따라 조안과 함께 폭탄 해체 게임을 해본 적 있다는 것이다. 그 때문인지 무의식에 떠오르는 폭탄에 대한 몇 가지 정보가 있었다.

1. 폭탄에는 여러 종류가 있으며 그에 따라 폭탄 해제 방법이 다르다.
2. 그 종류 중 몇 가지는 다음과 같다.
   : 전선 모듈, 키패드 모듈, 버튼 모듈, 기억 모듈, 비밀번호

모듈, 모스부호 모듈

3. 폭탄 중에는 기폭장치가 있는 것들이 있다. 따라서 만일 테러리스트가 원격 기폭장치를 사용한다면 버튼이 달린 장치를 뺏어야만 폭탄이 터지는 것을 막을 수 있다.

4. 실제 폭탄은 대부분 급속 액화 질소 등으로 냉각시켜 폭발을 지연시킨 후, 결국엔 그냥 터지도록 만들어진다. 완벽히 해체되지 않는 경우가 많기 때문이다. 매뉴얼대로 폭탄을 해체한다고 하더라도 폭탄은 결국 터질 가능성이 있다.

여기까지 떠올린 조현은 테러리스트가 설치해둔 폭탄이 있는 곳으로 다가갔다. 회색 박스를 열자 나타난 것은 옛날 고대어로 추정되는 여섯 개의 글자판이었다. 문자를 아무리 뚫어져라 바라봐도 뜻을 해석해내기 어려웠다. 이렇게 된 이상 남은 방법은 하나였다.

'일단 누르고 보자.'

첫 번째 버튼의 정답을 맞히기 위해서는 확률상 최대 여섯 번의 시도가 필요했다. 운이 좋다면 한두 번만의 시도에도 버튼을 찾아낼 수도 있겠지. 조현은 숨을 깊게 들이마신 뒤 첫 번째 버튼에 손을 가져다 댔다. 만일 답을 맞히지 못한다면 전처럼 악몽이 되풀이될 것이다.

눈을 꽉 감은 조현이 손가락에 힘을 줬다. 버튼을 누르는 순간 조현은 주변이 새하얗게 밝아지는 것을 느꼈다.

첫 만남

환자를 실은 들것이 먼저 이송 차량 밖으로 빠져나갔다. 고약한 꿈을 꾸는지 이틀째 가만히 누워 있는 할머니의 미간 주름은 전보다 더 깊게 파여 있었다. 조안은 손으로 가만히 할머니의 이마를 짚으며 생각했다.

'기다려요, 할머니. 내가 꼭 할머니랑 조현일 깨울 수 있는 방법을 찾아볼게요.'

그러고는 주머니에 손을 넣어 채집통의 뚜껑을 만지작거렸다. 그 안에는 집에서 데리고 온 드림버그 한 마리가 담겨 있었다.

"가만히 있어, 알았지?"

조안의 말에 녀석은 자리에서 가볍게 폴짝 뛰었다. 참으로 아이러니한 상황이 아닐 수 없었다. 가족을 위험에 빠뜨린 녀석이 이토록 순종적이라니. 조안은 고개를 저으며 이송 차량을 빠져나왔다. 그녀를 기다리던 방역대원 하나가 조안에게 따라오라고 손짓했다.

미아로마의 치료센터 루나. 뉴스에서 보던 것보다 훨씬 더 크고 복작복작한 곳이었다. 조안은 휘둥그레진 눈으로 센터에 들어섰다. 입원동의 투명한 돔 모양 유리 천장으로 빛이 환하게 들이치고 있었다. 일생의 대부분을 이스트랜드에서 보낸 조안의 눈에는 모든 것이 낯설었다. 무엇보다 사람보다 더 많은 수의 로봇을 직접 마주하니 확실히 도시에 온 것 같은 기분이 들었다. 멍하니 입 벌리고 서 있는데 누군가 또각또각 발소리를 내며 조안에게 걸어왔다.

"이 아이인가요?"

조안이 힐끔 방역복을 보니 하다코라는 이름이 보였다. 조안을 쓱 훑던 하다코가 긴가민가한 얼굴로 물었다.

"네가 드림버그를 잡았다고?"

조안은 보란 듯이 채집통을 꺼내 건넸다. 투명한 채집통을 한참 뚫어져라 살피던 하다코는 이내 신기한 듯 웃음을 터뜨렸다.

"정말 드림버그네."

뜻을 알 수 없는 하다코의 말에 조안의 눈썹이 휘어졌

다. 그러거나 말거나 하다코는 눈을 반짝이며 물었다.

"어떻게 잡았니? 사람의 손길만 닿아도 부스러지는 녀석인데."

조안은 잠시 고민했다. 이 녀석이 내 말을 알아듣는다고, 그냥 알아듣는 것도 아니고 내 말을 따른다고 사실대로 말하는 게 좋을까. 그러나 지금으로서는 어떤 말을 해야 조안이 바라는 대로 상황이 흘러갈지 감이 잡히지 않았다.

"어쩌다가요."

조안이 둘러대자 하다코는 고개를 끄덕였다. 운이 몹시 좋았다고 생각하는 눈치였다. 잠시 후 하다코는 조안이 건넨 유리 채집통을 방역복 앞주머니에 넣으며 말했다.

"가족이 감염되었다고 들었는데."

"네."

"안됐구나."

누군가를 위로할 때 가장 손쉽게 건넬 수 있는 말이었다. 인사치레를 하고 다시 차트를 확인하는 하다코를 보며 조안은 눈살을 찌푸렸다. 제아무리 환자가 많다고 하더라도 조안에게는 둘도 없는 가족이었다. 의료진에게는 그저 하나의 사례에 불과할지 몰라도 조안에게는 목숨을 걸 만큼 절박한 상황이었다.

"제 동생이 어제 이곳에 입소했어요. 혹시 만나게 해주실 수 있나요?"

조안의 말이 채 끝나기도 전에 하다코는 단호하게 고개를 저었다.

"미안하구나. 지금은 보호자도 접근이 불가하단다."

이러면 드림버그를 넘겨준 보람이 없었다. 조안은 다시 오른쪽 발끝으로 땅을 콕콕 치며 떠보듯이 말했다.

"잠깐이면 돼요. 얼굴만 볼게요."

그렇지만 하다코의 입장은 강경했다. 그녀는 어쩔 수 없다는 듯 두 손을 모으는 자세를 취하며 전혀 미안하지 않은 표정으로 사과의 말을 꺼냈다.

"정말 미안해. 대신 하루빨리 동생이 깰 수 있도록 노력할게."

그러나 조안은 그 말을 믿지 않았다. 삼 년 전 엄마를 잃었을 때처럼, 한 명의 노력으로 될 일이 아니었으니까.

"얼마나 빨리 깨울 수 있는데요?"

"뭐?"

예상치 못한 조안의 말에 하다코가 눈을 동그랗게 떴다.

"아, 질문이 너무 어려웠나요? 그럼 다시 여쭐게요. 제가 드린 저 드림버그가 이 연구에 얼만큼 중요한가요?"

"그야 당연히……."

하다코가 조안의 표정을 살피더니 말을 이었다.

"아주 중요하지."

'그렇게 중요한 걸 대가 없이 가져가면서 내 부탁은 들어주지 않겠다는 말이지.'

조안은 잘 알아들었다는 얼굴로 휘파람을 불었다. 이곳에 오기 전 조안은 녀석에게 신신당부했었다. 휘파람을 불면 너를 부르는 거라고. 조안의 휘파람 소리를 들은 녀석은 어느새 느슨하게 닫아둔 채집통 밖으로 고개를 들이밀고 있었다.

"나와, 가자."

조안이 작게 속삭이자 녀석은 살짝 열린 채집통의 뚜껑을 박차고 뛰어올랐다. 그 바람에 놀란 하다코가 녀석을 잡으려다 발을 헛디뎌 비틀거렸다.

"너 지금 뭐 하는 거야?"

황당한 표정의 하다코를 보며 조안이 웃으며 말했다.

"그쪽한테 중요한 걸 아무 대가도 없이 그냥 넘겨줄 순 없죠. 저도 저한테 중요한 걸 확인하러 온 거니까요."

"뭐라고?"

하다코의 언성이 높아지자 멀리 있던 방역대원이 경비

대를 호출했다. 연락을 받은 경비 로봇들이 순식간에 달려와 조안을 에워싸기 시작했다.

'안 되겠어.'

틈을 타 잽싸게 반대 방향으로 발길을 돌린 조안이 사방에서 달려오는 경비대를 피해 연구동 쪽으로 내달렸다. 그러나 아무리 날쌘 사람도 로봇의 속도를 당해내는 건 불가능했다. 금세 포위망을 좁혀온 경비대가 조안을 둘러싸며 외쳤다.

"경고합니다. 가지고 있는 걸 모두 내려놓고 두 손을 올리세요."

조안은 항복하는 척 두 손을 들었다. 그러나 이대로 쉽게 포기할 수 없었다. 슬쩍 주위를 살피던 조안이 지나가던 풍선 봇의 손잡이를 재빨리 붙잡았다. 사뿐히 다리를 들자 몸이 두둥실 공중으로 날아오르는 것이 느껴졌다.

이미 풍선 봇에 탑승해 있던 연구원이 갑작스레 탑승한 동승자에 난감한 표정으로 물었다.

"어디로 가시죠?"

마땅한 대답을 찾지 못한 조안이 대충 얼버무렸다.

"어, 음…… 아마 같은 쪽?"

"연구동이요?"

"네, 거기."

만약 아무도 도와주지 않는다면 혼자서라도 직접 필요한 것을 찾아내리라. 이곳에 오기 전 조안은 몇 번이나 그렇게 다짐했다.

"그럼 꼭 잡으세요."

두 사람의 대화를 들었는지 풍선 봇의 움직임이 빨라졌다. 저 멀리 경비대가 조안이 향하는 곳을 매서운 눈길로 좇고 있었다. 조안은 고개를 돌려 그 모습을 외면했다.

*

미태나는 누워 있는 포그 환자의 얼굴을 빤히 들여다봤다. 환자의 굳게 닫힌 눈꺼풀 아래로 동공이 계속해서 움직이고 있었다. 환자는 꿈을 꾸면서도 계속 무언가를 생각하는 것 같았다. 대체 무슨 꿈을 꾸는 걸까. 미태나는 환자의 인적 사항이 적힌 디지털 차트를 살폈다. 그러자 환자의 이름과 나이, 거주지 같은 신상 정보가 떴다.

이름: 라이엇 리치
나이: 17세

성별: 남성

거주지: 이스트랜드 새문안가 2로

환자는 이스트랜드에 기주하는 학생으로, 핏기 없이 창백한 얼굴로 잠든 지 사흘째였다. 미태나는 곁에서 환자의 반응을 관찰했다. 한 시간 동안 지켜본 결과 종종 규칙적인 말소리가 새어 나왔다.

"오지 마, 제발……."

누군가에게 쫓기고 있는 것만은 확실해 보였다. 예컨대 "오지 마"라는 말을 내뱉을 때 나타나는 신체 반응이 그 증거였다. 그 말을 내뱉을 때마다 라이엇의 이마에는 식은땀이 맺혔다. 손가락은 주먹을 쥔 것처럼 동그랗게 말려들어 갔으며 동공은 더 빠른 속도로 움직였다.

미태나는 환자의 수면 그래프에 따른 반응을 차트에 하나하나 기록했다. 어젯밤 제임스가 준 과제 때문이었다.

"앞으로 연구원들은 모든 환자에게 자극 훈련을 시작합니다."

'자극'이라는 단어를 들은 연구원 몇몇이 놀란 듯 움찔했다. 어떤 사람들은 대놓고 인상을 찡그리기까지 했다. 그러나 제임스가 이야기를 마쳤을 때 모든 연구원은 그의 말을 수긍할 수밖에 없었다. 다소 께름칙한 단어를 사용하긴 했지만 요약하면 '환자들이 스스로 깨어날 수 있도록 연구진이 학습시켜야 한다'는 내용이었기 때문이다.

환자들의 상태를 확인해 그가 어떤 꿈을 꾸고 있는지 분석할 것. 지금 하는 과정도 과제의 연장선이었다. 미태나는 다시 깊은 잠에 빠진 환자가 어느새 입맛 다시는 걸 보았다. 곤경에서 벗어난 것인지 그새 표정이 밝아 보였다. 저렇게 뒤척이면서도 정작 잠에서는 깨어나지 못하다니. 코앞에서 보고도 믿기지 않았다.

'그나저나 드림버그는 코빼기도 안 보이네. 루나에 오면 드림버그를 볼 수 있을 줄 알았는데.'

미태나의 판단이 잘못됐는지도 몰랐다. 따지고 보면 엄격한 검문과 방역 과정을 통과해야만 들어올 수 있는 이곳이야말로 드림버그로부터의 안전지대나 다름없었다.

자리에서 일어난 미태나는 병실을 떠나기 직전, 주머니에서 자신이 만든 작은 부적을 꺼내 누워 있는 환자의 눈앞에서 흔들었다. 주인집 할아버지가 찾아준 재료로 만든 손바닥만 한 크기의 드림캐처였다. 그것을 침대 위에 걸어둔 뒤 미태나는 환자를 향해 작게 속삭였다.

"걱정 말아요. 이게 당신을 지켜줄 테니까."

연구동으로 건너가는 구름다리 통로가 막혀 있었다. 가까이 다가가 보니 경비 로봇 몇몇이 사람들의 얼굴을 확인하는 중이었다.

"무슨 일이에요?"

곁에 선 연구원한테 묻자 어깨를 으쓱하며 대꾸했다.

"글쎄, 무슨 문제가 생긴 것 같은데?"

삼십 분 뒤에는 하다코에게 연구 결과를 보고해야 했다. 여기서 실험실까지 가려면 아무리 걸음을 재촉해도 족히 십오 분 이상은 걸릴 터였다. 미태나는 조용히 자리를 뜨며 건물 위쪽을 주시했다.

그때 풍선 봇 하나가 나타났다. 그런데 뭔가 이상했다. 공중에서 위태롭게 흔들리는 풍선 봇이 이쪽을 향해 비상 착륙을 준비하고 있었다. 미처 피할 새도 없이 풍선 봇은 빠른 속도로 다가와 미태나의 머리 위로 무언가를 떨어뜨렸다. 무게를 이기지 못한 미태나가 그대로 뒤로 넘어졌다. 잠시 후 통증을 느끼며 간신히 눈을 떴을 때, 미태나의 눈앞에 보인 건 웬 여자의 발이었다.

"저기, 이봐요."

미태나가 부르자 바닥으로 떨어진 조안이 산발이 된 머리카락을 뒤로 젖혔다.

"아야……."

뛰어내릴 때 부딪힌 무릎이 저릿저릿 아려왔다. 조안은 손으로 오른쪽 무릎을 문지르며 몸을 일으켜 세웠다. 다행히 연구동 도착 전에 뛰어내려 경비 로봇의 추적을 피할 시간을 벌었다. 대충 먼지를 털어낸 다음 허둥지둥 자리를 뜨려는데 누군가 조안의 팔을 덥석 붙잡았다. 뒤를 돌아보니 웬 남자가 조안을 못마땅한 얼굴로 보고 있었다.

"미안하다고 사과도 안 해요?"

상대를 깔고 앉은 덕분에 안전하게 착지했으니 실은 고맙다는 말이 더 솔직한 인사치레겠지만 조안은 가볍게 고개 숙여 사과했다.

"미안합니다."

미태나는 불쾌한 표정으로 질문했다.

"풍선 봇이 고장 난 거예요?"

"아뇨, 문제없어요. 다만 제가 중간에 급하게 착지하느라……."

원래대로라면 연구원을 연구동에 안전하게 내려주고 다음 승객을 찾았을 풍선 봇이 갑자기 이상행동을 한 건 조안 때문이었다. 조안은 쫓기는 처지였으므로 행선지를 들켜서는 안 됐다. 물론 한자리에 계속 머물러 있는 것도 위험했다. 그래서 마구잡이로 풍선 봇의 목적지를 이리저리 바꾼 것이 과부하를 일으킨 모양이었다.

"하여튼 문제없으니까 걱정 마세요."

서둘러 말을 끝낸 조안이 뒤돌아 가려 하자 미태나가 다시 붙잡았다.

"저기, 잠깐만."

좀 전과는 달리 낮고 엄중한 톤이었다. 심상찮은 목소리에 돌아보니 미태나가 무언가를 가리키고 있었다.

"그거, 드림버그 아니야?"

착지할 때 튀어나온 건지 그새 조안의 품을 벗어난 드림버그가 긴 다리를 뻗대며 바닥을 기어가는 중이었다. 조안은 서둘러 드림버그를 주머니에 넣으며 둘러댔다.

"이건 그냥 내가 만든 드림버그 모형이야."

하지만 눈앞에 있던 건 분명 살아 있는 드림버그였다. 그건 마치 주인에게 길들여진 것처럼 조안의 곁을 떠나지 않고 있었다. 미태나는 고개를 들어 조안의 얼굴을 바라봤다. 짙은 검은색 눈썹과 황갈색 동공 사이로 어렴풋하게 빛이 뿜어져 나왔다. 뭔가를 확인한 듯 한껏 격앙된 얼굴로 서 있던 미태나가 다시 입을 열었다.

"너구나."

뜬금없는 확신에 조안의 눈썹이 휘어 올라갔다.

"뭐가 나야?"

"드림버그를 만든 게 너잖아."

가당치도 않은 소리에 조안은 기가 찼다. 그러나 미태나는 조안의 기분 따위 상관없다는 듯 버럭 소리를 내질렀다.

"왜 그랬어!"

"뭐, 뭘?"

"네가…… 우리 엄마를 죽였잖아, 아니야?"

그 순간 어디선가 날아온 자석이 조안의 몸에 탁 달라붙었다. 고개를 돌리자 통로 앞뒤로 경비대원들이 벌써 진을 치고 있는 모습이 보였다. 회오리처럼 몸을 휘감은 전기장치가 조안을 옴짝달싹하지 못하게 꽉 옭아맸다.

"움직이지 마세요. 움직이면 전류를 흘려보내겠습니다."

한자리에 너무 오래 머물러 있던 탓이다. 조안은 말없이 마른 입술을 꾹 씹으며 미태나를 노려봤다. 이로써 더는 한 발자국도 움직일 수 없게 되었다.

착각

자정이 넘은 시각이었지만 잠이 오지 않았다. 침대에 누운 미태나는 숨을 깊게 들이마시고 내쉬기를 여러 번 반복했다. 눈을 감으면 자꾸 낮에 마주친 여자애가 머릿속에 그려졌다. 검은색 긴 생머리, 쌍꺼풀이 옅게 진 동그랗고 말똥말똥한 눈, 유난히 긴 팔과 다리. 겉보기에 딱히 특별할 것 없어 보였으나 전생을 들여다보는 순간 미태나는 움찔할 수밖에 없었다. 전생 속 그녀의 손가락 끝에서 새하얗게 빛나는 실이 자라나고 있었기 때문이다.

거미줄 같은 실이 몸에서 자라나는 인간. 만일 드림버그가 인간이었다면 저렇게 생겼을 것만 같았다. 게다가 드림버그를 주머니 안에 품고 다니다니. 전생이 거미 인간이기 때문에 드림버그를 데리고 다니는 걸까. 그렇다면 삼 년 전 드림버그로 엄마를 해친 것도 설마……. 그런데 대체 뭐 때문이었을까. 풀리지 않는 의문점이 너무 많았다. 미태나는 문득 경비대에 끌려가던 조안의 마지막 말을 떠올렸다.

"오해야, 난 그냥 동생 보러 온 거라고!"

절박함이 묻은 눈빛이었다. 거짓말하는 것 같아 보이지는 않았다. 그렇지만 악의 얼굴이 순진무구해 보이지 말라는 법도 없다. 때로는 가장 무해한 얼굴을 한 사람이 가장 믿지 못할 존재로 밝혀지기도 하니까. 미태나는 복잡한 머릿속을 정리하기 위해 고개를 내저었다. 만약 녀석이 저지른 일이라면 죗값을 치르는 건 당연하다. 게다가 경비대원들에게 발각되어 붙잡혀 갔으니 이미 미태나의 손을 떠난 일이기도 했다. 다만 예측할 수 없는 건 제임스의 향후 조치였다. 여기까지 제 발로 찾아온 이상 그녀가 찾고 있는 동생의 얼굴 정도는 보여줄 수 있으련만. 무뚝뚝하고 사무적인 제임스가 그런 처사를 내릴 것 같지 않았다.

반대로 돌아누운 미태나가 뻑뻑한 눈꺼풀을 여러 번 감았다 떴다. 다음 날 센터가 돌아가는 상황을 파악하려면 미리 체력을 보충해두는 것이 좋지만 도통 잠 올 기미가 보이지 않았다. 미태나는 갑갑한 옷깃을 손가락으로 벌려보았다. 그러자 피부에 들러붙는 밀착 잠옷 사이로 공기가 들어와 숨통이 조금 트였다. 숙면을 취하기에는 너무 갑갑한 옷이었다. 한참 자세를 바꾸던 미태나는 몇 번이고 뒤척이다가 결국 새벽이 되어서야 잠들었다.

눈을 떴을 때는 안개 속이었다. 짙은 안개가 온 천지에 자욱했다. 걷다 보니 어딘가 눈에 익숙한 풍경이었다. 미태나는 본능적으로 직감했다. 잠시 후면 알록달록한 천막의 상점이 나타날 것이다. 그리고 문을 열어 그 안으로 들어가면…….

상상하고 싶지 않은 그날의 일이 불쑥 떠올랐다. 잊으려 노력해도 절대 잊히지 않는 기억이었다. 어떤 마음의 상처는 몸의 흉터보다 더 오래 남기도 한다. 누군가를 잃어본 사람이라면 알 것이다. 인생에서 소중한 사람을 잃은 아픔은 그 어떤 흉터보다 크고 굵은 흔적을 마음에 남긴다는 것을.

고개를 든 미태나의 눈앞에 푸른 불빛이 번쩍였다. 빛은 번개처럼 하늘을 가르며 솟구치더니 단번에 공중에서 흩어졌다.

"엄마?"

미태나의 부름에 누군가 천막을 걷고 밖으로 나왔다. 만일 이 꿈이 과거의 그날을 재연하는 거라면 범인이 누구인지 확인해야 했다.

"잠깐만, 거기 서."

놈은 이번에도 주문처럼 알쏭달쏭한 말을 중얼대고 있었다. 미태나는 안개를 뚫고 놈이 선 곳을 향해 달려가 옷자락을 쥐었다. 하지만 분명 쥐었다고 생각한 옷자락은 다시 보니 나뭇가지였다. 놓친 건가 싶어 망연자실하는데 안개 속에서 다시 불빛이 번쩍이더니 이내 놈이 사라지고 말았다.

"엄마!"

천막을 걷고 들어서자 예상대로 엄마는 바닥에 쓰러져 있었다. 주변에는 우글거리는 드림버그 떼가 하나둘 먼지가 되어 흩날리고 있었고 마지막으로 남은 드림버그 한 마리가 미태나를 보더니 바닥에 글자를 적기 시작했다. 그런데 적힌 글자는 신기하게도 삼 년 전과는 다른 메시지였다.

아시비카시.

'아시비카시라면……'

희미하게 떠오르는 이야기가 있었다. 미태나의 엄마는 매일같이 어린 미태나가 잠들기 전에 옛날이야기를 들려

110

줬는데, 그중 하나가 바로 아시비카시에 대한 전설이었다.

"옛날 오지브웨 부족 마을엔 말이야. 만물을 보듬어줄 수 있을 정도로 아름답고 넉넉한 마음을 가진 한 여인이 나쁜 꿈을 꾸는 아이들을 돌봐줬대. 사람들은 베틀을 짜는 이 여인이 마치 거미 같다고 생각해서 '아시비카시'라고 불렀어. 아시비카시의 정성스러운 노력으로 아이들은 더 이상 악몽을 꾸지 않고 마을은 평온을 되찾았지. 하지만 사람들이 점점 늘어 모든 아이를 돌볼 수 없게 되자 그녀가 자신을 대신하기 위해 만든 것이 하나 있는데 그게 뭔 줄 아니? 바로 미태나 네가 만들기 좋아하는 드림캐처란다."

미태나의 기억이 맞다면 아시비카시는 거미 여인을 뜻하는 인디언 말이었다.

메시지를 남긴 드림버그가 힘이 빠졌는지 옆으로 몸통을 기울였다. 이윽고 수명이 다한 녀석의 몸통이 천천히 부서져 내리더니 먼지가 되어 흩날렸다. 그리고 때마침 누군가의 목소리가 미태나의 귓가에 울려 퍼졌다.

"미태나, 어서 일어나. 더 늦기 전에 빨리 찾아야 해."

엄마 목소리에 미태나는 어둠 속에서 번쩍 눈을 떴다. 손으로 얼굴과 몸을 더듬더듬 짚어보니 바뀐 것은 없었다.

몸은 여전히 비좁은 수면 캡슐 안에 갇혀 있었고 땀으로 젖은 얼굴은 미끈하다 못해 번들거렸다. 역시 꿈이었다.

미태나는 자신을 옥죄는 잠옷을 벗어 던지고 거울 가까이에 섰다. 아무래도 엄마가 어떤 말을 전하려던 게 분명했다. 미태나는 곰곰이 삼 년 전 엄마 상점에서 본 메시지를 기억해냈다.

'찾아서 함께 막아.'

그러고 보니 누군가를 막아야 한다는 데만 주목한 나머지 미태나가 놓친 글자가 있었다.

'함께.'

어쩌면 엄마가 찾으라던 건 막아야 할 대상이 아니라 조력자를 뜻하는 것일 수도 있었다. 미태나는 다시 한번 낮에 본 여자아이의 모습을 떠올렸다. 몇 번을 곱씹어도 악의라고는 없는 눈망울이었다. 차갑다거나 잔인하게 느껴지지도 않았다. 굳이 따지자면 슬프고 처연하다고 해야 할까.

우선 그 아이가 어디에 붙잡혀 있는지부터 확인해봐야 했다. 미태나는 조심스레 개인 사물함을 열어 방역복으로 갈아입었다. 그러고는 부리나케 캡슐 밖으로 뛰어나갔다.

새벽녘의 루나는 무서우리만치 고요했다.

*

    연구동 실험실 안에 갇힌 조안은 초조한 듯 같은 자리를 몇 번이나 맴돌았다. 실험실 유리 너머 보이는 채집통에는 살아 있는 거미가 여럿 있었다. 책상 군데군데 실험용 기구가 놓여 있고 그 앞에는 어둠 속에서도 핏자국을 확인할 수 있는 푸른색 적외선 조명이 있었다. 그리고 맨 안쪽 유리관에는 조안이 데리고 온 드림버그가 꿈쩍 않고 있었다.

    조안은 버석해진 얼굴을 두 손으로 쓸어내리며 자리에 주저앉았다. 기분이 엉망이었다. 드림버그를 다룰 수 있다는 사실만으로 영웅이 된 듯 우쭐했던 자신이 새삼 한심하게 느껴졌다. 따지고 보면 루나는 거대한 수용소나 다름없었다. 잡혀 온 민간인 중 이곳을 스스로 걸어 나간 사람이 아직 단 한 명도 없으니 말이다.

    생각하면 할수록 루나에서 포그 환자들의 면회를 막는 이유가 의심스러웠다. 사람 대 사람으로 감염되는 바이러스가 아니라면서 왜 보호자 출입을 금지하는 걸까. 아무래도 수상쩍은 것이 많았다. 그렇다고 무작정 탈출을 시도할 수는 없었다. 그랬다가는 발목에 붙은 전기장치가 곧바로 작동할 테니까. 조안은 머리를 헝클이다 자리에 주저앉았다. 이곳에 붙잡힌 이상 당장 할 수 있는 것이 없었다.

그때였다. 누군가 실험실의 문을 열기 위해 출입증을 가져다 대는 소리가 들렸다. 조안은 후다닥 자리에 누워 잠든 척 눈을 감았다. 잠시 후 터벅터벅 가까워진 발걸음이 조안의 앞에서 멈추더니 똑똑 소리가 뒤따랐다.

미태나가 말했다.

"이 와중에 잠이 오나?"

낯익은 목소리에 실눈을 떠 보니 낮에 본 얼굴이 보였다. 미태나는 놀랍다는 듯 조안을 내려다보고 있었다.

'이름이 뭘 사버였던가.'

정신없던 와중에도 잽싸게 그의 사원증을 곁눈질했던 조안은 미간을 좁히며 몸을 일으켰다.

"아니, 안 자는데?"

미태나는 조안을 뚫어져라 바라봤다. 마치 뭔가를 읽어 내려는 듯 호기심 어린 눈빛으로. 그가 다시 입을 열었다.

"너 말이야, 내가 네 동생 만나게 해주면 날 도와줄 수 있어?"

조안은 이맛살을 찌푸리며 물었다.

"반나절 전까지만 해도 사람을 살인자 취급해놓고? 내가 네 엄마를 죽게 만든 장본인이라면서 뭘 믿고?"

"그 말은 사과할게. 아무래도 내가 착각했던 거 같아."

표정을 보니 단단히 착각했던 모양이다. 하지만 사람을 살인자로 착각할 사람이 과연 몇이나 될까. 조안은 이해가 되지 않았다.

"어떻게 착각하면 사람을 살인자라고 생각할 수 있어? 그게 가능해?"

그러자 미태나가 다시 대꾸했다.

"이상하게 들리겠지만 난 이 드림버그의 존재를 예전부터 알고 있었어. 우리 엄마를 죽인 살인범이 현장에 남겨둔 유일한 증거거든. 그래서 드림버그를 가지고 있는 사람을 찾아 헤매다가 오늘 낮에 널 본 거야."

"뭐?"

뜻밖의 말에 조안은 놀란 눈을 동그랗게 떴다. 엄마를 잃었다는 갑작스러운 고백에 조안 마음속에서 묘한 동질감이 일었다.

"우선 널 여기서 꺼내줄게. 대신 동생을 만나려면 소란 피워선 안 돼."

미태나는 조안이 갇힌 실험실 문을 미리 스캔해두었던 하다코의 사원증으로 열었다. 그러나 문이 열린 다음에도 조안은 곧바로 방을 빠져나오지 않았다.

"여기서 나가는 순간 내 발목에 매달린 전기장치가 이동을 감지할 거야."

그 말을 들은 미태나는 자리에 쭈그리고 앉아 조안의 발목을 살폈다.

"괜찮지?"

손을 가져다 대도 되겠냐는 의미였다. 조안은 고개를 끄덕였다. 미태나는 조심스럽게 전기장치의 암호를 푼 다음 조안의 발목을 두른 기계를 떼어냈다. 곧이어 띠릭 소리와 함께 기계의 버튼이 꺼졌고 미태나가 먼저 일어섰다. 조안은 그를 경계하면서 밖으로 나왔다.

"월이라고 부르면 되나?"

굳이 이 자리에서 진짜 신변을 밝힐 필요는 없을 것 같아 미태나는 조용히 고개를 끄덕였다.

"나는 신조안, 동생 이름은 신조현이고. 동생이 어디 있는지 찾을 수 있겠어?"

미태나는 방역복 안에서 둘둘 말린 디지털 차트를 꺼내 조안이 말한 이름을 검색해보았다.

이름: 신조현

나이: 13세

성별: 여성

거주지: 이스트랜드 새문안가 2로

　입소 일자를 보니 엊그제 들어온 아이였다. 조현이 머무
는 곳은 입원동 삼층 C구역. 연구동 실험실과는 일 킬로미
터 가량 떨어진 곳이었다. 그러고 보니 아까 낮에 미태나가
회진하다 본 환자도 이스트랜드 새문안가에 거주하고 있
었다. 이스트랜드 쪽에 대규모 감염 사태가 있었던 건가.
의아함을 뒤로하고 미태나가 입을 열었다.

　"C구역에 있네. 여기서 좀 가야 해."

　조안은 미태나가 건넨 지도를 살펴보았다. 가까운 거리
는 아니었다.

　"가는 길은 알아?"

　실험실에서 C구역까지 가는 길에는 여러 대의 야간 경
비 로봇이 포진되어 있을 것이다. 그들의 눈을 피할 방법은
하나밖에 없었다. 바로 제임스가 사용하는 비밀 승강기를
이용하는 것.

　"일단 여기서 나가자."

　미태나는 조안에게 따라오라고 손짓했다. 실험실 문이
열리자마자 두 사람은 좌우를 살폈다. 다행히 밖에는 아무

도 없었다. 미태나는 실험실에 연결된 감시 화면 기록을 삭제했다.

그날 밤의 일은 오직 유리관 안에 갇힌 드림버그만 목격한 셈이었다.

*

조현은 가쁜 숨을 몰아쉬고 있었다. 눈을 떴다 감았을 뿐인데 또다시 같은 복도 기둥 아래 서 있었다.

'이제 제발 그만해.'

조현은 떨리는 손으로 테러리스트의 폭발물을 들었다. 가방 문을 열자 익숙한 문자 버튼이 나타났다. 저 버튼을 본 것만 해도 벌써 백 번이 넘었다.

식은땀을 잔뜩 흘린 조현이 심혈을 기울여 네 개의 버튼을 눌렀다. 이제 남은 버튼은 총 두 개. 이번에는 맨 끝 쪽의 문어처럼 생긴 상형문자 버튼을 누를 차례다.

무려 백 번이 넘는 시도 끝에 간신히 맞히게 된 네 개의 글자 순서. 조현은 한숨을 내쉬면서 다섯 번째 버튼을 누르기 위해 손을 뻗었다. 이번에도 실패하면 폭발물이 터지고 조현은 처음으로 돌아간다. 꿈의 맨 처음으로 돌아가면 아무엇도 모르는 엄마를 만나 결국 엄마가 있는 이 병원으로 돌아오고 말 것이다.

폭탄 해체에 실패한 첫 시도 때는 그냥 무서워서 울기만 했다. 엄마한테 도망가자고 애걸복걸해보기도 하고, 이곳에 없는 언니의 이름을 외치다가 시간을 허투루 흘려보내기도 했다. 그러나 아무 소용 없었다. 잠에서 일어나려고 갖은 노력을 다해봤지만 모두 쓸모없는 일이었다.

이러다 영원히 악몽에서 깨어나지 못할까 봐 무섭고 막막했지만 시간은 계속 흘렀고 어떻게든 용기를 내야 했다. 언젠가 언니가 이야기해준 동화 속 주인공처럼 혼자 위기를 이겨낼 줄 아는 사람이 되어야 했다. 그렇지만 솔직히 자신이 없었다.

'이겨야 해, 싸워.'

조현의 결심 때문인지 아니면 누군가가 하는 말인지, 갑자기 어디선가 목소리가 들렸다. 사람 목소리 같기도 하고 기계음 같기도 했다. 조현은 화들짝 놀라 주위를 두리번댔다. 자리를 뜬 테러리스트가 돌아오기까지 아직 일 분 남짓한 시간이 남아 있었다.

'신조현, 일어나 싸워.'

소리는 아주 가까이에서 들렸다. 마치 귓속말하듯 누군

가 조현에게 속삭이고 있었다. 응원인지 부추김인지 알 수 없는 목소리에 조현은 혼미한 정신을 털어냈다. 머리가 묵직하고 속이 울렁거렸다. 아마 잠들기 전 먹은 편두통 약의 약발은 이미 다했을 것이다.

'넌 이길 거야. 이기지 않으면 죽은 목숨이니까 싸워야 해.'

그 말에 조현은 다섯 번째 문자 버튼을 눌렀다. 딸칵 소리가 났지만 폭탄은 터지지 않았다. 이제 남은 건 마지막 버튼 하나였다. 이쯤 되니 조현도 꿈과 현실을 제대로 구분하기가 어려웠다.

이 버튼을 누르고 폭탄 해체에 성공하면 내 인생이 바뀌는 걸까. 엄마가 돌아오고 우리는 다 함께 살 수 있는 걸까. 그게 아니라면 적어도 이 꿈에서만큼은 깨어날 수 있을까.

그러나 폭탄을 해체한다고 해서 반드시 해피엔드가 기다린다는 법은 없다. 이건 악몽이니까. 사람을 괴롭게 하기 위해 만들어진 꿈이니까. 불쑥 불길한 생각이 조현의 뇌리를 스쳤다.

'설마 이 폭탄을 없애도 또 다른 폭탄이 있는 건 아니겠지?'

눈을 질끈 감은 조현이 숨을 참고 마지막 버튼을 눌렀

다. 애석하게도 또다시 주변이 아득해지면서 하얗게 밝아오는 것이 느껴졌다.

그 순간 조현은 마음속으로 간절히 빌고 또 빌었다. 이제는 정말 깨어나고 싶다고, 부디 깨어나게 해달라고. 깨어나서 언니를 보고 싶다고.

*

복도를 걷는 미태나와 조안은 아무 말도 하지 않았다. 센터 곳곳에 위치한 경비대 로봇은 움직임을 감지하는 센서가 내장되어 있어 약간의 소리에도 민감하게 반응하기 때문이다.

비밀 승강기에 올라탄 두 사람은 삼층에서 내렸다. 승강기에서 내리자마자 눈앞에 입원동으로 향하는 구름다리가 펼쳐졌다. 환자와 연구원, 보호사마저 잠든 새벽의 입원동은 정적만 가득했다. 한참 걷다 보니 B구역을 지나쳐 C구역이 나왔다. 다행히 환자가 머무는 곳이라 연구동에 비하면 경비가 삼엄하지 않은 편이었다.

미태나는 그제야 참았던 궁금증을 터뜨리며 소곤소곤 물었다.

"네가 이곳에 데리고 온 드림버그, 대체 정체가 뭐야?"

잡히면 흔적이 사라지고 마는 드림버그가 유독 조안 말에 꼭 반려동물처럼 반응했다. 녀석이 특이한 종자인 건지 아니면 미태나의 예상대로 조안에게 어떤 숨겨진 능력이 있는 건지 궁금했다.

그러자 조안은 조심스럽게 입을 열었다.

"나는 드림버그를 조종할 수 있어."

미태나는 그럴 줄 알았다는 듯 낮게 신음했다. 그런데 조종할 수 있다니. 그 뜻은 드림버그가 사람의 말에 복종하기라도 한다는 건가. 드림버그가 사람의 말을 이해하고 기본적인 소통이 가능하다는 건 미태나도 이미 알고 있는 특징이었다. 그렇지만 아직 풀리지 않는 의문은 남아 있었다. 왜 녀석은 사람을 해치려 드는 걸까.

"그럼 드림버그랑 대화할 수 있는 거야?"

미태나가 묻자 조안은 고개를 저었다.

"아니, 그냥 내가 시키는 대로만 반응해. 내가 드림버그 말을 알아들을 순 없고."

"사람의 말을 따른다……."

드림버그를 실험실에 두고 왔기 때문에 조안의 말을 당장 검증할 방법은 없었다. 하지만 그 말이 사실이라면 실험실의 드림버그를 이용해 드림버그의 비밀을 풀 수도 있지 않을까.

미태나가 혼자만의 생각에 빠져 있는 사이 갑자기 그의 팔을 붙잡아 당긴 조안이 검지를 올려 입에 붙였다. 소리 내지 말라는 신호였다. 이어서 조안은 어딘가를 가리켰다.

조안이 가리킨 복도 중앙에는 웬 남자 한 명이 서 있었다. 환자복을 입고 있는 것을 보니 포그 환자인 듯했다. 귀에는 루나에서 특별 제작한 이어폰이 꽂혀 있었는데 소리에 반응하는 것인지 이어폰의 불빛이 깜빡일 때마다 남자의 고개가 조금씩 돌아갔다.

"저 환자, 혹시 깨어난 거야?"

조안의 물음에 미태나는 어떤 대답도 할 수 없었다. 깨어났다고 말하기에는 움직임이 둔했고 눈도 흐리멍덩해 보였다. 겉보기에 몽유병자의 모습과 비슷했다. 그렇지만 루나에 입소한 포그 환자 중 몽유병자가 있다는 소식은 아직 전해 듣지 못했다.

일단은 사례 확보를 위해 기록부터 남겨두는 것이 좋을 것 같았다. 미태나는 서둘러 방역복 안주머니에 넣어둔 디지털 차트를 꺼내 들었다. 그리고 차트를 펼쳐 든 순간 낯선 소리와 움직임을 감지한 남자의 눈이 미태나와 눈과 정면으로 마주쳤다. 일순 불안한 정적이 복도를 메웠고 침을 꼴깍 삼킨 미태나가 경계심을 풀지 않은 채 먼저 물었다.

"이봐요, 괜찮아요?"

그러자 소리를 들은 남자가 광분하여 미태나와 조안이 있는 쪽으로 달려들었다. 꼭 먹잇감을 발견한 사냥개처럼 공격적인 태도였다.

"왜 저래?"

"여기로 들어가, 어서!"

위협을 느낀 미태나와 조안은 황급히 병실로 뛰어 들어 갔다. 문을 닫아걸자마자 쾅 소리가 뒤따랐다. 조안이 슬쩍 문 위쪽의 사각 유리창으로 밖을 확인해보니 남자는 멍한 표정으로 계속해서 자신의 머리를 벽에 박아대고 있었다. 그는 쉴 새 없이 어떤 말을 중얼거렸는데 자세히 들어보니 "죽어"였다. 꿈을 현실과 착각하기라도 한 걸까. 의식이 사라진 채 육신만 움직이는 모습이 좀비나 다름없어 보였다.

겁에 질린 얼굴로 조안이 물었다.

"대체 왜 저러는 건데?"

저런 환자는 미태나도 처음이었다. 언젠가 산짐승이 의식을 잃은 상태로 마구잡이로 날뛰는 모습을 본 적이 있기는 했다. 그런데 이곳에서 그런 모습을, 그것도 사람에게서 다시 보게 될 줄이야.

한참 동안 발작 증세를 보이던 환자가 멈춘 건 귀에 꽂힌 이어폰 불빛이 꺼진 다음이었다. 곧이어 그는 다시 잠든 것처럼 바닥 위로 축 늘어졌다.

조안이 유리창으로 그를 내려다보며 물었다.

"죽은 거야?"

"몰라."

미태나는 숨을 죽인 채 문에 귀를 바짝 붙였다. 잠시 후 야간 보초를 선 의료 보호사 로봇이 다가오더니 그를 들것에 실어 옮겼다. 그가 사라지자 주변은 다시 고요해졌다.

기진맥진한 얼굴로 미태나는 바닥을 짚었다. 그 옆에 선 조안도 지친 기색으로 한숨을 토해냈다.

"포그 환자가 움직인다는 거, 알고 있었어?"

조안의 질문에 미태나는 고개를 저었다. 그저 잠자다 몸을 뒤척이는 정도라고 생각했는데, 뛰는 것도 모자라 사람을 공격할 정도로 움직임이 광범위할 줄은 상상도 못 했다.

두 사람은 멍한 얼굴로 병실을 둘러봤다. 병실에는 얌전히 누운 포그 환자들의 침대 여섯 개가 나란히 붙어 있었다. 고작 아침까지만 해도 안쓰럽기만 했던 환자들이 지금은 언제 벌떡 일어나 공격할지 모르는 무서운 사람처럼 보였다.

침대 가까이에 다가간 조안이 누워 있는 환자들을 살피며 말을 이었다.

"이상해. 여기 사람들은 아까 그 이어폰을 끼지 않았어."

그러고 보니 조금 전 두 사람을 공격했던 환자의 귀에 수상한 이어폰이 꽂혀 있었다. 그에 반해 지금 병실에 잠든 환자들 귀에는 아무것도 보이지 않았다. 이들은 그저 깊은 잠에 빠져 곤히 숨을 내쉬고만 있었다. 그때 환자들의 얼굴을 빤히 들여다보던 조안이 두통을 느꼈다. 고개를 치켜든 조안의 눈앞이 핑 돌았다.

"아……."

갑자기 주저앉은 조안의 어깨를 부축하며 미태나가 물었다.

"괜찮아?"

그러나 미태나의 말을 듣지 못한 것인지 조안은 자리에서 벌떡 일어나 다시 침대로 다가갔다.

'신조안, 여길 봐…….'

누군가 조안을 부르고 있었다. 자신을 부르는 소리에 조안은 무심코 손을 뻗었다.

"뭐 하는 거야?"

그 순간 환자의 관자놀이를 짚은 조안의 손끝이 정전기가 일어난 것처럼 저릿저릿해졌다. 환자의 뇌파를 측정하는 기계의 그래프는 위아래로 요동치기 시작했고 어느덧 조안의 눈동자는 보랏빛으로 물들었다.

"신조안?"

고개를 돌린 미태나는 조안의 얼굴을 보고 놀라 입을 다물 수 없었다. 조안의 손끝에서 뻗어 나온 빛나는 실이 환자의 양쪽 관자놀이를 감싸고 있었기 때문이다.

마치 촘촘히 엮어 만든 거미줄처럼.

구원자

조안은 어리둥절한 얼굴로 주위를 둘러보았다. 조금 전까지만 해도 병실이었는데 갑자기 낯선 곳의 풍경이 눈앞에 펼쳐졌다. 하늘은 검게 그은 석탄빛이었고 땅 군데군데 커다란 싱크홀 같은 구덩이가 파여 있었다. 주변에는 불붙은 움막들이 보였고 이미 한차례 폭격이 있었는지 폐허가 된 건물이 즐비했다.

"살려주세요!"

누군가의 외침에 조안의 고개가 돌아갔다. 소리 난 곳은 바로 앞에 있는 커다란 구덩이 안이었다.

"거기 누구예요?"

"도와주세요, 여기 사람 있어요……."

깊게 파인 구덩이 저편에서 누군가 구조를 요청하고 있

었다. 자세히 보니 병실 침대에 누워 있던 남자였다. 주위 풍경으로 미루어보아 군인인가 싶었지만 그는 군복을 입고 있지 않았다. 게다가 무장한 차림새도 아니었다.

"잠시만 기다리세요!"

초소로 달려간 조안은 도움 될 만한 물건이 있을지 찾아보았다. 때마침 기다란 밧줄이 바닥 위에 살찐 구렁이처럼 말려 있는 것이 보였다. 밧줄을 어깨 한쪽에 둘러매고 초소 밖으로 나온 조안이 구덩이 안쪽을 향해 외쳤다.

"이걸 던질게요. 잡을 수 있겠어요?"

조안이 묻자 남자는 간신히 몸을 일으켜 왼팔을 흔들었다. 그런데 암만 봐도 사내의 오른팔이 보이지 않았다. 폭격 때문에 팔을 잃은 것 같았다. 새삼 참혹한 광경 앞에 조안은 입술을 질끈 깨물 수밖에 없었다. 아무리 봐도 남자 스스로 구덩이 밖까지 올라오는 건 무리 같았다. 조안은 움막을 지탱하는 커다란 쇠말뚝에 밧줄을 단단히 묶었다. 그러고는 반대편 밧줄 끝을 자신의 허리에 동여맨 채 다시 소리쳤다.

"조금만 참아요! 내려갈게요!"

어쩌다 조안이 이곳에 오게 되었는지 모를 일이었다. 현재로서는 이곳이 남자의 꿈속인지 아니면 조안의 환상인지조차 불분명했다. 하지만 중요한 건 조안의 눈앞에 자신의 도움을 필요로 하는 누군가가 있다는 것이다.

'도움을 청하는 이의 손길을 붙잡을 수 있다면 결코 외면하지 말라. 따뜻한 마음은 자전하듯 돌고 돌아 결국 다시 내 앞으로 돌아올지니.'

활자로 기록해두지 않았을 뿐 조안의 집에서 몇 대째 내려오는 가훈이었다. 엄마가 먼 거리를 통근하면서까지 메인랜드의 군 병원을 떠나지 못하는 이유기도 했다.

짧게 심호흡한 조안은 결심한 듯 구덩이 아래로 뛰어들었다. 날쌘 몸이 비탈길을 타고 깊은 구멍 바닥을 향해 미끄러지듯이 내려갔다. 대체 누가 이런 평화로운 마을을 쑥대밭으로 만든 걸까. 왜 사람들은 전쟁을 하고 사람을 죽일까. 조안은 비통한 마음으로 눈을 질끈 감았다. 마침내 발끝이 지하 깊숙한 땅 위에 닿았을 때, 조안은 몸을 꼿꼿하게 세우며 물었다.

"괜찮아요?"

조안과 함께 따라 내려온 흙먼지가 시야를 부옇게 가렸다가 걷혔다. 그리고 다음 순간 조안은 눈앞에 드러난 광경에 할 말을 잃고 말았다. 구덩이 안은 그야말로 처참했다. 그곳에는 어딘가 잘리거나 다친 사람들뿐이었다. 어떤 사람은 팔 한쪽을 잃었는가 하면 어떤 사람은 발을, 또 어떤 사람은 두 다리를 잃은 채 끙끙대고 있었다. 곳곳에서 절규하는 사람들의 신음과 아우성이 이어졌다. 그때 패닉 상태에 빠진 조안의 다리를 붙잡고 누군가 중얼거렸다.

"살려주세요, 살고 싶어요……."

고개를 내리자 순두부 같은 볼에 까만 재를 묻힌 검은 단발머리 여자아이가 보였다. 이제 막 걷는 것에 익숙해진 것 같은 어린아이였다. 아이는 조안의 바짓가랑이를 붙든 채 또박또박 말했다.

"여기서 나가게 해주세요."

조안은 무릎을 굽혀 아이의 얼굴을 보듬으며 애써 대꾸했다.

"그래, 곧 나가게 될 거야."

그러나 밧줄을 타고 올라가기에는 부상자 수가 너무 많았다. 딱 봐도 이 많은 사람을 조안 혼자 끌어 올리는 건 무리였다. 어떻게 해야 할지 몰라 전전긍긍하는데, 구덩이 위쪽에서 누군가의 목소리가 메아리처럼 울려 퍼졌다.

"조안 누나?"

고개를 치켜들자 익숙한 얼굴이 보였다. 조안을 부른 건 라이엇이었다. 라이엇은 드림버그 감염자로 분류돼 조현보다 일찍 루나에 입소했었다.

"라이엇?"

라이엇의 이름을 부르면서도 조안은 그가 어떻게 여기에 나타난 건지 알 수 없었다. 만일 이곳이 꿈이라고 하더라도 조안을 꿈으로 이끈 건 라이엇이 아닌 다른 사내였다. 조안이 의아해하는 사이 라이엇이 목청껏 외쳤다.

"사람들을 위로 올려 보내! 내가 여기서 끌어 올릴게!"

그렇지만 당장은 다른 생각 할 겨를이 없었다. 이어질 폭격을 대비해 한시라도 빨리 사람들을 위험지역에서 대피시켜야 했다. 조안은 서둘러 자신의 허리에 묶은 밧줄을 풀어 사람들의 허리에 묶기 시작했다. 부상 입은 사람들이라 한층 더 조심스러웠다.

"여길 잡고 한 걸음씩 천천히 올라가요."

먼저 올라간 사람들이 다른 이들을 도와주면서 부상자들이 하나둘 구덩이를 빠져나갔다. 조안은 마지막으로 구석에서 벌벌 떨고 있던 한 남자에게 다가갔다.

"가까이 오지 마. 너 갑자기 어디서 튀어나온 거야? 너도 그놈들하고 한패지?"

짙은 갈색 머리의 나이 많은 남자는 얼굴에 다크서클이 짙게 내려와 있었다. 그는 겁에 질린 얼굴로 흙더미를 붙든 채 꿈쩍 않고 앉아 있었다.

"아니에요. 전 도우러 왔어요."

"거짓말하지 마. 곧 적들이 쳐들어올 거야. 그럼 그때 꿈은 리셋될 거고. 어차피 우린 다 죽은 목숨이야."

"그래도 일단은 여기서 나가요."

"뭐 하러! 어차피 결국 이렇게 죽게 될 텐데. 다 같이, 같은 꿈속에서."

그 말을 들은 조안의 눈썹이 가운데로 모아졌다.

"그게 무슨 말이에요? 같은 꿈이라뇨?"

남자는 조안의 말에 대꾸하지 않고 같은 말을 중얼대기만 했다. 들어보니 살려달라는 것인지 아니면 빨리 이 고통을 벗어나게끔 해달라는 것인지 도통 알 수 없는 내용의 기도문이었다.

"누나, 어서 올라와!"

라이엇의 목소리가 구덩이 아래까지 닿자 망설이던 조안은 반쯤 넋이 나간 남자의 몸을 붙잡고 밧줄로 단단히 묶었다. 남자의 말대로 꿈이 리셋된다고 하더라도 상관없었다. 이것이 설령 몇 번이고 재시작하는 게임일지라도 조안은 똑같이 행동했을 것이다. 삼 년 전 자신의 엄마가 그랬듯이.

모든 부상자가 구덩이 밖으로 무사히 빠져나간 것을 확인한 뒤에야 조안은 마지막으로 빠져나왔다.

흘러내리는 땀을 닦으며 라이엇이 물었다.

"이제 더 없는 거지?"

조안은 고개를 끄덕였다.

"다행이다."

너는 어떻게 여기에 있는 거냐고 물어보기도 전에 라이엇이 먼저 입을 열었다.

"처음이야, 여기까지 온 게. 꿈을 꾸면 항상 집 앞 골목에서 쫓기기 바빴는데. 어찌 된 일인지 오늘은 마을 중심부까지 나오게 됐거든. 오늘 아침엔 해가 떠서 그런가? 빛이 반짝이더니 날 쫓아오던 암살자가 사라졌어."

포그 환자와 대화를 나누는 건 조안 역시 처음이었다. 조안은 믿을 수 없다는 표정으로 물었다.

"쫓기다니, 누구한테?"

"누구인지는 몰라. 다만 메인랜드에서 보낸 암살자라는 정보만 내 머릿속에 입력되어 있어. 누나는 어떤 꿈을 꾸다가 온 거야?"

조안 역시 당연히 꿈에 갇혀 있을 거라고 믿는 표정이었다. 질문을 들은 조안은 대충 둘러댔다.

"나는 눈 떠보니 여기였어."

라이엇은 의심 없이 고개를 끄덕였다.

"그렇구나. 폐허가 된 새문안가 2로에 떨어지다니 놀랐겠네."

조안의 눈이 휘둥그레졌다. 이곳이 조안과 조현이 함께 거주하는 동네라니 믿기지 않았다. 주위를 둘러본 조안의 얼굴이 일그러졌다. 전쟁터가 되어버린 이곳은 더 이상 조안이 알던 모습이 아니었다. 등하굣길마다 눈에 밟히던 그 어떤 지형지물도 남아 있지 않은 마을은 그저 삭막하게만 느껴졌다.

"안 믿기지? 나도 처음엔 그랬어."

라이엇의 표정은 침울해 보였다. 눈치를 살피던 조안이 슬쩍 다시 물었다.

"근데 라이엇, 혹시 우리가 어떻게 같은 꿈에 있는 건지 알아?"

실은 제일 궁금했던 질문이었다. 조안의 질문을 들은 라이엇은 고심하다 입을 열었다.

"그건 잘 모르겠지만 며칠 여기 머무르면서 느낀 건데 이 세계도 현실처럼 뭔가 연결되어 있는 거 같더라고."

"연결되어 있다고?"

"응. 저기, 저 아저씨 보여?"

조안은 라이엇이 가리킨 곳으로 고개를 돌렸다. 조금 전 조안이 마지막으로 구출해냈던 남자였다.

"우리 옆 동네인 새벽옹가 1번지에 사는 즈밍 씨야. 내 기억에 의하면 나는 즈밍 씨를 한 번밖에 보지 못했어. 그런 사람이 내 꿈에 나타난다는 게 믿어져? 난 저 아저씨의 생김새도 자세히 기억하지 못하는데 말이야."

낯선 얼굴이 꿈속에 나타나는 일. 흔하지는 않지만 불가능한 일은 아닐 것이다. 사람의 무의식은 생각보다 더 꼼꼼하고 지독해 예상치 못한 것을 관찰해두기도, 또 그런 정보를 저장해두기도 하니까.

"그리고 하나 더. 내가 지금 누나랑 대화란 걸 하고 있잖아. 우리는 서로 잠든 상태인데 말이야. 그러니까 추측해보는 거야, 지금 이 상황이 나만의 꿈은 아니지 않을까 하는 추측."

라이엇의 말을 들은 조안은 고개를 끄덕였다. 하지만 라이엇도 여러 사람의 꿈이 연결되어 있다고 추측만 할 뿐 어떻게 연결된 것인지는 자세히 모르는 눈치였다.

조안은 한숨을 내쉬고 어둑한 잿빛 하늘을 올려다봤다. 이곳은 마치 이스트랜드의 절망적인 미래를 재현해낸 것처럼 실감 났다. 그래서 한편으로는 더 무섭고 몇 배는 더 끔찍하게 느껴졌다. 현실의 의식을 유지한 채 움직이는 사람들만 봐도 그랬다. 사람들은 꿈속에서조차 일정한 시간의 흐름에 따라 이전과 같은 삶을 살아가고 있었다.

"일단 사람들을 안전한 곳으로 피신시키자."

조안의 제안에 라이엇이 고개를 끄덕였다. 라이엇은 다리 잃은 사람들을 위해 목발 대신 짚을 만한 긴 나뭇가지를 재빨리 구해 왔다. 조안은 상처 깊은 사람부터 한 명씩 지혈해주었다. 그 와중에도 산 쪽에서는 계속해서 폭격음이 들려왔고 무언가 떨어지는 소리, 터지는 소리, 부서지는 소리가 마을 곳곳에서 울려 퍼졌다. 소리가 들릴 때마다 사람들은 동작을 멈추고 사시나무처럼 몸을 떨었다.

"엄마가 보고 싶어요."

어느새 조안 곁으로 다가온 아이 눈에 눈물이 그렁그렁해지자 조안은 가만히 아이의 손을 잡아주었다. 엄마는 어디 있냐고 눈치 없이 묻거나 기다리면 엄마가 올 거라는 기약 없는 희망은 섣불리 꺼내지 않았다. 지금 같은 상황에서는 그냥 손을 붙잡아주는 것이 최선이라는 걸 조안도 잘 알고 있었으니까.

"아야."

인상을 쓴 아이가 갑자기 붙잡힌 손을 뺐다. 자세히 보니 손바닥에 유리 파편이 박혀 있었다. 놀란 조안은 서둘러 초소에서 찾은 구급상자의 뚜껑을 열었다. 그러나 상자에는 상처를 치료할 만한 마땅한 의료용품이 없었다.

"참을 수 있겠어?"

조안이 묻자 아이는 이맛살을 찌푸린 채 고개를 저었다. 곰곰이 생각하던 조안은 아이 손바닥에 박힌 유리 파편을 조심스럽게 빼냈다. 그러고는 자신의 내의를 찢어 상처를 감싸주었다.

"이러고 잠시만 있어. 약을 구해볼게."

아이는 조안의 말에 비죽 고인 눈물을 훔쳐냈다. 그 모습을 본 조안의 마음 한구석이 저릿했다.

가만히 있던 즈밍 씨가 격분해 일어선 건 그때였다.

"우린 어차피 죽을 거야, 결국 다 죽을 거라고!"

몇몇 사람이 말려보았지만 막무가내였다. 어느 순간 눈빛이 싸늘하게 변한 즈밍은 새까만 하늘을 향해 두 팔을 벌려 외쳤다.

"이게 다 메인랜드의 저주고 계략이야. 메인랜드 밖의 거주민을 모두 다 죽이려는 놈들의 수작이라고! 아직도 모르겠어?"

즈밍의 외침에 사람들이 불안한 얼굴로 서로를 쳐다보았다. 그러고 보니 이곳으로 쏟아지는 미사일은 대체 어디에서 발사한 걸까. 왜, 누가 이런 말도 안 되는 전쟁을 시작한 거지.

모두가 겁에 질린 표정으로 눈치만 보는 사이, 아이는 조용히 자신의 손에 난 흉터를 뚫어져라 쳐다보았다. 다친 곳에서 욱신대는 느낌이 없었다. 번져 나오던 피도 멎었다. 호기심에 찬 눈으로 아이는 상처의 윗부분을 눌러보았다. 신기하게도 하나도 아프지 않았다.

"그러니까 살해당하기 전에 먼저 죽어야만 해. 서로 싸워야 한다고."

정신 나간 사람처럼 같은 말을 여러 번 되풀이하던 즈밍이 어느 순간 동작을 멈췄다. 그 모습을 관찰하던 조안은 불현듯 등골이 서늘해지는 것을 느꼈다. 즈밍의 몸은 전기에 오른 듯 움찔거리고 있었다. 꼭 달군 팬에 놓인 옥수수 알갱이처럼 고개는 계속 이리저리 돌아갔고 퀭한 눈빛은 흐리멍덩해 보였다. 그 모습이 흡사 복도에서 본 포그 환자 같아 조안은 반사적으로 외쳤다.

"다들 피해요!"

아니나 다를까 동작을 멈춘 즈밍이 사냥감을 노리는 늑

대처럼 어딘가를 가만히 응시했다. 시선이 모아진 곳에는 전동 수레를 끌고 있는 라이엇이 보였다.

"라이엇!"

조안의 목소리가 닿기도 전에 즈밍의 발걸음이 먼저 움직였다. 라이엇을 향해 미친개처럼 뛰어가는 즈밍의 눈은 이미 하얗게 세어 있었다.

조안은 황급히 뛰어가 라이엇을 밀친 다음 달려오는 즈밍을 온몸으로 막아냈다. 그리고 조안의 손이 즈밍의 몸에 닿은 순간, 모두의 시야를 환하게 밝힐 정도로 밝은 불빛이 번쩍였다.

조안의 손에서 오색 빛의 실이 터져 나와 즈밍의 몸을 칭칭 감싸안았다. 이어 실은 공중으로 붕 떠오른 즈밍의 왼쪽 팔꿈치 아래로 이어지더니 핏줄을 연결해 혈관을 만들어냈다. 그리고 그 자리에서 자라난 혈관은 근육으로 붙더니 새살로 돋아났다. 그 모습을 본 라이엇과 마을 사람들은 모두 벌어진 입을 다물지 못했다.

아이는 자신의 상처를 다시 한번 손가락으로 문질러보았다. 팔을 감쌌던 천을 풀자 언제 그랬냐는 듯 보송한 손바닥이 눈에 들어왔다.

"하나도 안 아프다."

잠시 후 공중에 부유했던 즈밍과 조안도 동시에 바닥으로 떨어졌다.

"조안 누나!"

정신을 되찾은 즈밍은 다시 생겨난 자신의 왼팔을 조심스럽게 돌려보았다. 팔은 한 번도 제자리를 이탈한 적 없는 것처럼 제대로 기능하고 있었다. 사람들은 놀란 눈으로 서로를 바라보았다. 때마침 검게 흐렸던 하늘도 조금 개었고, 아까부터 이어지던 폭격음도 더는 들리지 않았다.

잠시 후, 조안을 꿈으로 데려온 남자가 하나뿐인 팔을 높이 치켜들며 외쳤다.

"구원자다, 구원자가 왔어!"

그러나 바닥에 떨어진 조안은 미동도 없이 죽은 듯 누워 있었다.

"조안 누나, 일어나봐!"

라이엇이 몇 번이나 불러도 아무 대꾸가 없었다. 마을 사람들은 걱정 어린 표정으로 조안을 에워쌌다. 누군가는 즈밍을 탓하기도, 누군가는 구원자를 살려내야 한다며 발을 동동 구르기도 했다. 하지만 조안은 사실 죽은 것도 기절한 것도 아니었다. 사람들이 웅성대는 사이 조안은 바닥을 타고 오는 미세한 진동을 느끼고 있었다. 진동의 정도가 점점 더 커지면서 땅이 뒤집힐 것처럼 요란하게 흔들렸다. 또 폭격인가 싶어 눈을 뜨는데 하늘에서 우렁찬 목소리가 번개처럼 내리꽂혔다.

"일어나, 일어나라고 신조안!"

이윽고 차가운 물벼락이 조안의 뺨에 세차게 와 닿았고 깜짝 놀란 조안이 몸서리를 치며 다시 눈을 떴다. 코끝에서 소독약 냄새가 진동했다.

깨어난 환자

치료센터 C구역 병실 안에서 미태나는 갑작스럽게 잠들어버린 조안 때문에 이러지도 저러지도 못한 채 서 있었다. 조안의 몸을 연신 흔들어도 소용없었다. 귀를 잡아당긴다거나 볼을 꼬집어도 결과는 마찬가지였다. 환자의 관자놀이에 연결된 조안의 실타래가 쉽사리 끊길 것 같지 않았다. 영문 모를 일이었지만 침대에 누워 있는 환자와 조안의 의식이 연결된 것만은 확실해 보였다.

'신조안, 대체 거기서 뭘 하고 있는 거야…….'

하필 이런 때에 또다시 병실 밖에서 발소리가 들려왔다. 미태나는 병실 문 유리창으로 어슴푸레하게 움직이는 하얀 물체에 시선을 뒀다. 불행인지 다행인지 가까워지는 사람은 환자가 아니었다. 어둠 속에서 모습을 드러낸 사람은 방역복을 입은 연구원들이었다.

황급히 몸을 숨긴 미태나의 마음이 초조해졌다. 가까이 다가온 연구원이 멈춰 서더니 옆 호실의 문을 열었다. 숨을 죽인 미태나는 동작을 멈춘 채 상황을 파악하기 위해 애썼다. 오른쪽 귀를 벽에 바짝 가져다 대자 두꺼운 콘크리트 너머로 대화를 나누는 소리가 조곤조곤 들려왔다.

"즈밍, 이스트랜드 새벽웅가에 거주하고 있습니다. 나이는 마흔셋입니다."

"표본으로 적당해 보이네."

"그럼 훈련을 시작할까요?"

허락을 구하는 의료 보호 로봇의 목소리를 끝으로 고막을 쩡하게 울리는 전자파 소리가 이어졌다. 그 순간, 소리와 함께 조안의 몸이 발작을 일으키더니 손끝의 실이 한층 더 환하게 빛났다. 그뿐만이 아니었다. 꼭 옆방 소리에 반응하기라도 하듯 주파수가 달라질 때마다 조안의 몸도 좌우로 이리저리 흔들거렸다. 설마 저 소리 때문인 건가, 의아해하는 사이 연구진의 대화가 이어졌다.

"이상하네요. 반응이 멈췄어요."

"소리를 키워봐."

"이게 최대치예요."

"왜지? 아까 전 환자는 발작을 일으키듯이 움직였는데?"

"다른 표본을 한번 살펴보시는 게 어떠세요? 옆방에도 환자는 많으니까요."

대화를 듣다 보니 새로운 표본을 찾기 위한 의료진의 회진이 계속될 모양이었다. 미태나는 침을 삼키고 바닥에 쓰러진 조안의 몸을 일으켜 흔들었다. 그러나 여전히 반응은 없었다. 자리에서 일어난 미태나는 최후의 보루를 찾아 병실을 둘러보았다. 그 순간 감사하게도 한구석에 놓여 있던 작은 화병이 눈에 들어왔고, 화병에는 아직 반쯤 남은 물이 찰랑댔다.

"일어나, 일어나라고 신조안!"

물벼락을 맞은 조안이 눈썹을 일그러뜨리더니 천천히 눈을 떴다.

"정신이 들어?"

조안의 시야에 속삭이듯 이야기하는 미태나의 얼굴이 또렷해졌다. 조안은 얼굴에 묻은 물기를 털어내며 고개를 끄덕였다. 병실 안이었다.

"나가야 해, 곧 의료진이 올 거야."

미태나의 재촉에 조안은 깨질 것같이 지끈거리는 관자

놀이를 짚고 서서히 몸을 일으켰다.

그러나 두 사람이 채 나갈 채비를 마치기도 전에 복도에서 들리던 발소리가 병실 문 앞에서 멈췄다.

"여기서부터는 나 혼자 가도록 하지."

"네, 알겠습니다."

"이 모든 기록은 삭제해."

"말씀하신 대로 하겠습니다, 센터장님."

센터장이라는 말을 들은 미태나는 유리창으로 슬쩍 밖을 내다봤다. 의료 보호 로봇이 자리를 비운 복도에는 처음 보는 연구원이 전동 휠체어에 앉아 있었다. 방역복을 입지 않은 푸른색 셔츠 차림의 남자였다. 남자의 모습을 지켜보던 미태나는 몸을 낮추고 조용히 하라는 표시로 조안의 입술에 검지를 가져다 댔다. 조용히 하지 않으면 곧바로 들킬 거리였다. 잠시 후 병실 문 아래 빈틈으로 희뿌연 연기가 들어차기 시작했고 불이라도 난 건가 싶어 미태나는 슬쩍 문에 손을 대보았다. 그러나 문은 차가웠고 오히려 촉촉한 물기가 손에 묻어났다.

'이건 분명…….'

무언가를 직감한 미태나가 문고리를 쥐었다. 그러자 조안이 서둘러 미태나의 손을 움켜쥐었다. 지금 나가면 들킬 거라고 경고하는 표정이었다. 그사이 바깥은 고요해졌고 복도에 있던 남자의 모습은 온데간데없었다.

"갔어."

"사라진 거야?"

"응."

경계를 풀지 않은 표정으로 미태나가 복도 저편을 응시했다. 아직 촉촉한 물기가 미태나의 손에 남아 있었다. 이제 몇 시간 후면 동이 틀 시각이었다. 미태나는 엄중한 표정으로 뒤돌아 조안에게 말했다.

"곧 있으면 사람들이 움직이기 시작할 거야. 네가 없어진 걸 알면 경비가 강화될 거고. 일단 실험실로 돌아가자."

하지만 조안은 아직 조현을 만나지 못했다.

"동생을 만나야 해. 그 전엔 안 가."

"지금은 위험해."

미태나의 조언에도 조안은 강경한 표정으로 고개를 저었다. 꿈속에서 포그 환자가 처한 상황이 얼마나 위험천만한지 직접 목격하고 나니 어서 조현을 구해야겠다는 생각뿐이었다.

"동생을 찾기 전까진 갈 수 없어."

그 말을 들은 미태나는 낮게 신음했다. 지금으로서는 눈

앞에 서 있는 조안이야말로 이 세계를 지킬 유일한 방책이
었다.

"그럼 우선······."

미태나가 막 말을 꺼내려는데 갑자기 입원동의 모든 불
이 모두 켜졌다. 아직 기상 알람이 울리려면 시간이 좀 남
았는데 무슨 문제라도 생긴 것일까. 곧이어 위이잉 하며 울
리는 알람 소리에 가슴이 철렁 내려앉은 미태나와 조안은
말없이 서로를 바라보았다. 알람이 멎자 안내 방송이 울려
퍼졌다.

"지금 당장 모든 연구진은 세미나실로 모이세요. 다시
한번 안내합니다. 지금 당장 모든 연구진은 세미나실로 모
이세요."

그 소리를 들은 조안이 불안한 표정으로 미태나를 쳐다
봤다. 미태나는 마른 입술을 질끈 깨물었다.

＊

막 잠에서 깨어난 연구원들이 하나둘 피곤한 얼굴로 세
미나실 앞에 모여들었다. 조안을 실험실에 데려다주고 돌
아온 미태나가 아무 일도 없었다는 듯 하다코 옆에 서서 물

었다.

"무슨 일이에요?"

"포그 환자가 깨어났대."

"그게 누군데요?"

질문을 받은 하다코가 손을 들어 다가오는 미태나를 저지하며 말했다.

"지금은 정신없으니까 나중에. 내가 돌아오거든 이야기하자."

밀물처럼 모여들던 사람들이 모두 세미나실로 들어가고 나니 대기실은 한층 더 한산해졌다. 경비 로봇은 세미나실 앞에서도 동서남북으로 진을 치고 있었다. 힐끔대며 눈치를 보던 미태나는 돌아서서 옷 안주머니에서 무언가를 꺼내 들었다. 겉보기에는 평범한 안경처럼 보이는 물건은 사우스랜드의 한 특수 상점에서 어렵게 구한 투시 안경이었다.

안경을 쓰자 세미나실 맨 앞에 선 남자가 보였다. 간밤에 미태나와 조안을 향해 미친 듯이 달려들었던 사내였다. 환자복을 입은 창백한 얼굴의 남자가 퀭한 눈을 끔뻑이며 제임스의 지시에 따라 손을 들었다 내리기를 반복하고 있었다. 몸을 움직이는 데 무리가 없는지 확인하는 과정인 것 같았다. 스포트라이트를 받으며 서 있는 건 비단 남자뿐이 아니었다. 시선을 돌리자 남자 옆으로 키가 크지 않은 앳된 얼굴의 여자아이가 나타났다. 아이는 건조하게 마른 하얀 입술을 앙다문 채 영혼 없는 얼굴로 제자리에서 빙빙 돌고 있었다.

신조현. 분명 조안이 찾고 있던 조안의 동생이었다.

미태나는 투시 안경의 도수를 확대해보았다. 하지만 아무리 배수를 올려도 조현의 얼굴은 흐릿하게 보일 뿐이었다. 그런 데다 엎친 데 덮친 격으로 휠체어에 탄 남자가 나타나 조현의 모습을 가려버렸다.

그 남자가 강단에 오르자 앉아 있던 연구진이 일어나 박수를 쳐대며 환호하는 모습이 보였다. 미태나는 휠체어에 탄 남자의 얼굴에 초점을 맞춰 확대해보았다. 그리고 그의 얼굴을 들여다본 미태나는 형용할 수 없이 심한 두통을 느꼈다.

순식간에 수백, 수천 개의 얼굴이 빠른 속도로 스쳐 지나갔다. 다양한 색깔의 피부와 다양한 문화권을 거쳐 가지각색의 역사를 걸어온 전생이었다. 비슷한 점이라고는 전혀 없어 보이는 영혼들의 얼굴 위로 한 가지 공통점이 있다면 모두 고통에 차 있다는 것. 죄를 지은 건지 아니면 형벌을 받은 건지 그의 영혼은 하나같이 절규하고 있었다.

"아악!"

두통을 이기지 못한 미태나가 쓰고 있던 안경을 벗었다. 어지러운 놀이기구를 탄 것처럼 구역질이 나서 도무지 견딜 수가 없었다. 화장실로 달려간 미태나는 얼굴에 찬물을 여러 번 끼얹었다. 숨을 크게 들이마셨다가 내쉬기를 반복하자 조금 숨통이 트였다.

고개를 들어 얼굴의 물기를 닦아낸 미태나가 천천히 심호흡했다. 한 사람에게 여러 전생이 한꺼번에 나타나는 건 극히 드문 경우였다. 대부분의 영혼은 무게를 줄이기 위해 가장 최근의 기억만 안고 가려 하기 때문이다. 그런데 미태나가 이와 같은 경험을 한 건 이번이 두 번째였다. 기억에 의하면 첫 번째는 삼 년 전 그날 뉴스에서 사콘의 얼굴을 보았을 때였다. 그 생각에 이르자 미태나는 무언가 떠오른 듯 멈칫했다. 그러고 보니 사콘의 전생에서도 비슷한 얼굴들이 보였다.

서로 다른 인물에게서 같은 전생이 읽힌다. 그런데 한 사람은 이미 목숨을 잃었고 다른 사람은 아직 살아 있다. 그 말인즉슨⋯⋯.

어느새 회의가 끝났는지 연구원들이 화장실로 들어오

고 있었다. 미태나는 재빠르게 밖으로 나와 하다코를 찾았다. 저 멀리 하다코가 차트를 확인하며 종종걸음으로 어디론가 향했다.

"선배!"

미태나가 따라붙자 하다코가 발걸음 속도를 줄였다.

"환자들이 어떻게 깨어난 거예요?"

"글쎄, 그건 잘 모르겠어. 다만 강도를 높인 자극 훈련이 통했나 봐."

지속적으로 같은 메시지를 반복해 들려주는 주입식 훈련. 그런 아날로그 방식의 교육이 이런 시대에 먹힌다는 사실이 놀라울 따름이었다.

"깨어난 환자들은 퇴원하는 거예요?"

"아니."

고개를 저은 하다코가 눈치를 보더니 목소리를 낮추며 말했다.

"재활 훈련을 받게 될 거 같아. 지금 상태로 일상생활에 바로 돌아가기에는 무리가 있거든."

"무리라면 어떤……."

미태나가 묻자 하다코는 속삭이듯이 대꾸했다.

"위에서는 별문제 없을 거라는데, 아무래도 깨어난 환

자들이 좀 공격적인 성향을 보여서. 아, 이건 너만 알고 있어."

그 말을 들은 미태나는 다시 한번 입술을 달거는 동작을 취했다. 실은 이미 어젯밤 겪어 알고 있는 내용이기도 했다.

"그런데요."

우물쭈물하던 미태나가 주위를 두리번거리다 입을 열었다.

"센터장님 있잖아요."

"센터장님이라면, 빌리 오?"

하다코의 입에서 그의 이름이 나오자 미태나가 재빨리 고개를 끄덕였다.

"네, 빌리요. 그분은 여기에서 뭘 하시는 건가요?"

그러자 하다코가 눈을 굴리더니 답했다.

"뭘 직접 나서서 하시지는 않아. 그냥 루나의 진짜 주인일 뿐."

"주인이요?"

"이곳을 실제로 소유하고 있는 분이니까. 사실상 모든 연구를 지원해주는 분이기도 하고."

하다코는 말하다 말고 어딘가를 보며 차렷 자세로 입을

급히 다물었다. 호랑이도 제 말 하면 나타난다더니, 때마침 빌리가 이쪽을 향해 휠체어를 굴리며 다가오고 있었다.

"아침부터 고생했어요. 예기치 못한 소동에 놀랐죠?"

다정하게 묻는 빌리에게 하다코는 고개를 숙이며 대답했다.

"아닙니다, 연구에 차도가 있다는 건 반가운 일이죠."

그러자 빌리는 싱긋 웃으면서 옆에 있는 미태나에게로 시선을 옮겼다.

"우리 센터에서 처음 보는 얼굴이로군요."

반가운 건지 의아한 건지 알 수 없는 알쏭달쏭한 표정이었다. 미태나가 입을 열지 않자 하다코는 서둘러 그를 대신 소개했다.

"이 친구는 윌이라고 합니다. 메인랜드에서 교육받고 이곳에 온 봉사자예요."

"아, 그런가요?"

설명을 마친 하다코가 미태나의 옆구리를 쿡 찔렀다. 이렇게 된 김에 제대로 인사를 나누라는 표정이었다.

"윌, 만나서 반가워요."

빌리가 손을 내밀었지만 미태나는 가만히 고개를 숙이기만 했다. 왠지 저 손을 잡게 되면 차갑고 축축한 물기가 미태나의 손바닥에 번질 것 같은 기분 나쁜 예감이 들었기 때문이다.

"그런데 우리 어디서 본 적 있나요?"

빌리의 입에서 튀어나온 말에 미태나는 얼어붙고 말았다. 고개를 들자 그가 미태나를 향해 인자한 미소를 짓고 있었다. 미소 띤 표정이었지만 위압감만큼은 대단했다. 마치 누군가 미태나의 머리끝과 발끝을 잡아 누른 것처럼 꼿꼿하게 서 있기 힘들 정도였다.

한참 뜸을 들이던 미태나가 딱딱한 말투로 대꾸했다.

"아니요, 처음입니다."

"그렇군요."

그러자 빌리는 알겠다는 듯 피식 웃었다.

"그럼 이만. 수고들 해요."

사람 좋은 웃음을 가면처럼 장착한 빌리가 사라지자 하다코는 빌리가 얼마나 성공한 인물이고 얼마나 봉사 정신이 대단한지에 대해 한참이나 늘어놓았다. 하지만 하다코의 칭찬을 듣는 내내 미태나는 빌리가 얼마나 위험한지에 대해 생각했다. 미태나는 빌리가 가까이 온 순간부터 느꼈다. 그의 몸 전체에서 풍기던 냄새를. 엄마가 자주 피우던 향이었다. 복을 기원하거나 문제가 생길 때마다 집 안에서 피우던 향.

그 향냄새가 그에게서 진동하고 있었다.

어떤 영혼

사람이 아주 오랫동안 살아 있으면 마법이나 주술의 힘을 빌리지 않아도 알 수 있는 몇 가지 사실이 있다. 예컨대 상대가 어떤 의도로 말하는지, 어떤 마음을 품고 있는지, 앞으로 어떤 행동을 하려 드는지. 촉이 뛰어나거나 약간의 예지력이 있어야 알 수 있는 것 말이다.

조금 전 월이라는 남자와의 대면도 마찬가지였다. 신분을 바꾼 것인지 겉모습은 달랐지만 빌리의 눈을 속일 수는 없었다. 삼 년 전에 죽은 여자, 미트로바와 분위기가 무척 닮은 청년이었다.

빌리는 서둘러 손목에 찬 시계로 센터 관리실 모니터를 연결했다. 이윽고 공중에 팝업처럼 화면이 펼쳐지더니 센터 출입 기록이 나타났다. 기록을 열람하던 빌리의 눈매가

매서워졌다.

윌 사버. 신분증 이미지와 실제로 본 느낌이 미묘하게 달랐다. 빌리는 조용히 손가락을 들어 비서 로봇을 불렀다. 확인해야 할 게 있었다.

'그때 그 여자에게 아들이 하나 있었지. 만일 그 아이가 아직 살아 있다면⋯⋯.'

빌리는 그날의 기록을 머릿속에 잠시 떠올렸다. 수천 번이나 영혼 이주를 해왔지만 과거의 기억을 떠올릴 때는 언제나 더 높은 집중력이 필요했다. 그런 데다 이번에 상기하려는 건 짧은 시간 동안 많은 물의를 일으켰던 사콘의 기억이었다. 빌리는 여느 때보다 긴장한 얼굴로 온 신경을 곤두세웠다.

빌리 오의 몸은 수많은 시도 끝에 얻은 육신이었다. 세간의 간섭을 피하면서도 사콘의 목적을 완수하기에 알맞은 몸. 단, 영혼 이주는 혼자만의 능력으로 가능한 일이 아니었다. 다른 이의 몸을 가지기 위해서는 영혼을 이주시킬 수 있는 주술사의 힘이 필요했다. 문제는 당시 사콘을 보좌하고 있던 노스랜드의 주술사가 죽음을 앞두고 있었다는 것. 사콘이 새로운 주술가를 찾아야 하는 이유였다.

"사우스랜드에 아주 능력 좋은 주술가가 있다고 합니다.

이름이 미트로바라고 하던데요."

그는 자신의 목숨이 끝나기 전에 미트로바가 머무는 곳을 귀띔해주었다. 사우스랜드에 있는 작은 바닷가 마을이었다. 들어보니 비밀리에 오래전부터 몇 세대에 걸쳐 물려받은 주술가의 핏줄이라고 했다. 그녀의 도움만 빌린다면 다른 이의 몸으로 영혼을 옮기는 것뿐 아니라 그 이상의 것들도 비교적 쉽게 가능할 것 같았다.

사콘은 본심을 숨긴 채 미트로바에게 접근했다.

"우리는 둘 다 비슷한 아픔을 겪은 조상을 두고 있어요. 둘 다 원래의 땅에서 쫓겨난 셈이니까."

그는 메인랜드에서 어떤 일이 벌어지고 있는지 하소연하듯 늘어놓았다.

"메인랜드에서는 자신들의 정책과 반대되는 의견을 내세우는 자들을 근처 섬으로 유배 보내는 방식을 택했어요. 차별을 강화하는 법령 또한 재정하고 있죠. 설마 그런 것을 그냥 가만히 지켜보고만 있을 셈입니까?"

미트로바 역시 메인랜드의 최근 행보에 대해 탐탁지 않은 부분이 많았지만 무턱대고 주술의 힘을 빌려 반란을 일으킬 수는 없었다.

"자칫 반란의 불씨가 될 수 있습니다. 힘겹게 통일하여 평화를 되찾았는데 또다시 문제가 될 일을 벌일 순 없어요."

시간이 지나면서 사콘과 미트로바의 의견 차이는 더욱 깊어졌다. 사콘이 메인랜드 정책에 반대하는 시위를 벌이려는 반면, 미트로바는 조금의 분란도 만들고 싶지 않아 했다. 답답해진 사콘은 미트로바를 더욱 적극적으로 설득하기 시작했다.

"우리가 나서지 않더라도 분명 누군가 나서서 권력을 유지하려 들 겁니다. 권력이라는 게 그렇지 않나요?"

"그렇겠죠, 여태 보아왔듯이."

"권력의 맛을 알고 나면 사람들을 지배하고 그들의 생각마저 점령하려 들 텐데, 이게 당신이 생각하는 평화통일은 아니겠죠?"

물론 지금의 세계 역시 미트로바가 꿈꿔왔던 평화와는 거리가 멀었다. 그렇지만 메인랜드 입장에 반한다고 해서 사콘 편에 설 수는 없었다.

"평화라는 것이 모두가 평안한 상태인 걸 뜻하는 건 아니죠. 아무리 평화롭다고 하더라도 그 안에서 누군가는 매일 고통스러운 나날을 보낼 수 있듯이요. 하지만 평범한 사람들은 대부분 대규모의 무자비하고 무차별적인 살육이 없는 것만으로도 편히 살아갈 수 있어요. 그러니 결코 제가 먼저 나서서 주술을 사용할 순 없습니다."

그러던 중 결국 사콘이 우려했던 일이 터지고 말았다. 사콘이 이끌던 집단의 한 젊은 사내가 제멋대로 메인랜드에 잠입해 군 병원에 테러를 일으킨 것이다. 이 사실을 알게 된 사콘은 자신이 배후에 몰릴 것을 예감했고 불안함에 곧장 사우스랜드로 숨어들었다. 영혼 이주를 시도하기 전에 감옥에 수감되거나 처형당하기라도 하면 허망하게 목숨을 잃게 될 터였다. 그는 서둘러 미트로바에게 찾아가 무릎을 꿇고 빌었다.

"마지막 부탁입니다. 이 부탁을 들어주기만 하면 더는 찾아오지 않겠습니다. 내 안의 영혼을 다른 육신에 옮겨주십시오."

그러나 미트로바는 끝끝내 그의 부탁을 거절했다.

"안 됩니다. 지극히 사적인 이유로 아직 살아 있는 사람에게 당신의 영혼을 이식할 순 없습니다."

미트로바는 그를 이대로 도망치게 내버려두면 언젠가 반드시 세상의 위협이 될 거란 걸 알았다. 그 때문에 사콘을 막기 위해 드림버그를 만들어냈다. 애당초 드림버그는 세상을 위협하기 위해 태어난 존재가 아니라 사콘을 잠재

우기 위해 만들어진 존재였다.

하지만 애석하게도 미트로바가 눈치채지 못한 사실이 하나 있었다. 사콘의 몸속 깊숙이 둥지를 튼 한 소년의 영혼은 스스로 주술을 부리지는 못해도 타인의 주술을 역이용할 수 있었다.

빌리, 사콘, 아니 지금은 이름조차 기억나지 않는 그 소년은 몇 세기 전 히스파니올라섬에서 태어났다. 그곳은 과거 카리브해라고 불리던 해역의 서부에 위치한 섬이었다. 자신을 그곳의 원주민이라고 생각해온 소년은 시간이 지날수록 자신이 부족의 아이들과 조금 다르다는 걸 알게 되었다. 피부나 눈 색깔부터 다른 아이들과는 달랐다. 소년의 피부는 동네 아이들보다 조금 더 밝은색이었고 눈 색깔 역시 특이했다.

남들과의 차이는 당시 영토의 구십 퍼센트를 죽음으로 몰고 간 천연두가 발병했을 때 더 분명해졌다. 홀로 역병에서 살아남은 기이한 아이는 혼혈이라는 이유만으로 재난의 원흉으로 취급받았다.

"저 악마 같은 새끼가 그 무서운 병을 몰고 온 거야."

그저 살아남은 것뿐인데도 눈엣가시가 된 소년은 청년이 된 이후 하얀 얼굴을 한 침입자들에 의해 사탕수수 농장에 보내졌다. 그리고 농장의 땡볕 아래에서 죽어라 일만 하며 하루를 보내곤 했다.

그러던 어느 날 소년은 밤중에 깊은 숲속에서 희한한 의식을 목격했다. 의식을 지내는 사람들은 나무와 동물의 가죽을 엮어 만든 가면을 쓰고 북을 두드렸다. 바닥에는 하얀 가루가 결계처럼 별 모양으로 뿌려져 있고 가운데에 커다란 장작불이 활활 타오르고 있었다. 시간이 조금 지나자 장작불 근처에 누워 있던 사내가 벌떡 일어났다. 자세히 보니 낮에 농장에서 열사병으로 쓰러져 죽은 줄로만 알았던 남자였다.

죽은 사람이 살아나다니 믿을 수가 없었다. 그날 이후 소년은 하루도 빠짐없이 숨어서 이들의 의식을 지켜보았다. 대부분의 경우 의식을 치르고 나면 무언가 바뀌어 있었다. 가뭄 끝에 비가 내리기도 했고 쓰러졌던 노동자가 되살아나기도 했다. 사람의 생김새를 한 인형을 만들어 바늘을 꽂고 나면 우연인지 필연인지 농장의 감독관이 모습을 보이지 않는 날도 있었다.

소년은 그렇게 부두교의 주술을 훔쳐 배웠다. 농장에서조차 혼혈의 얼굴인 소년과 가까이 지내려는 사람은 없었기에, 그는 밤마다 혼자 의식을 치르고 주술을 행했다. 나

아가 보통의 부두교도라면 하지 않는 저주의 영역까지 손
대기 시작했다.

부두교의 저주라 하면 주술가들이 만들어놓은 주문을
바꿔 악용하는 것이었다. 당시 섬에서 치르던 대부분의 부
두교 의식은 노예를 해방하기 위한 것에 지나지 않았다. 그
러나 소년의 목적은 달랐다. 소년은 자신을 괴롭히는 놈들
에게 피비린내 나는 복수를 꿈꿨다. 결국 가뭄이 열흘째 지
속되던 어느 무더운 여름밤, 소년은 농장에 있는 감독관들
이 모두 불타 죽는 방법을 찾아냈다. 그리고 그곳에 있는
모든 사람을 화형시키고 난 다음 혼자 유유자적하게 섬을
빠져나왔다. 그때 소년의 나이가 겨우 열여덟 살이었다.

"실수한 거야, 미트로바."

사콘은 드림버그가 자신을 결코 해칠 수 없을 거란 걸
알았다. 그의 음흉한 미소를 본 미트로바는 뒤늦게 드림버
그를 없애려 했지만 이미 엎질러진 물이었다.

"이제까지 내가 미트로바 당신을 설득하려 한 건, 적어
도 당신을 죽일 생각이 없어서였어. 그런데 당신이 먼저 날
죽이려고 했으니 이젠 나도 더는 봐주지 않겠어."

그렇게 삼 년 전, 사콘은 미트로바를 죽음에 이르게 만
들었다. 미트로바가 지닌 주술가의 능력이 모두 사콘에게

옮겨 가면서 그녀의 사체는 허수아비처럼 바짝 말라버렸다. 그것이 그날 사우스랜드 월렁가에 켜켜이 내려앉은 물안개 사이로 오직 미트로바만 메말라 있던 이유였다.

빌리는 그날의 기억을 떠올리고 얕게 신음했다. 어느새 다가온 비서 로봇이 비워진 찻잔에 따뜻한 차를 따르고 있었다. 빌리가 기억하는 한 인간은 아주 오래전부터 타인을 정복하려는 욕구를 갖고 있었다. 그리고 장시간 지켜본 결과 빌리가 내린 답은 하나였다. 인간은 자신과 다른 점을 잘 납득하지 못하는 동물이라는 것.

역사 속에서 대부분의 전쟁은 '서로 다름'에서 시작했다. 다른 색깔, 다른 문화, 다른 행동, 다른 생각. 대부분의 동물이 철저한 먹이사슬 구조에 의해 사냥하고 사냥당하는 것과 달리 인간은 '잡아먹기 위해' 상대를 죽이지 않는 거의 유일한 동물이다. 그렇기 때문에 인간의 살육에는 항상 모두에게 합리적이지는 않은 이유가 뒤따른다. 사상, 종교, 가치관, 감정과 같은 것 말이다. 그러나 자세히 들여다보면 이면에는 항상 같은 본질이 깔려 있다.

다르다.

다르다는 말은 존중을 바탕으로 하는 듯 보이지만 때로는 상대를 비난하기 가장 쉬운 단어가 되어버린다.

너는 나랑 다르니까. 네가 나랑 달라서.

빌리는 수천 번을 거듭한 영혼 이주로 깨달았다. 인간은 언제나 이 점을 이용해먹는 종족이고 역사는 몇 번이고 또다시 되풀이된다는 것을. 그러니 이 세계에 진정한 평화통일이라는 건 존재할 수 없다. 아마 메인랜드가 지배하는 미래 역시 빌리가 여태 봐온 대로 흘러갈 것이다. 그리고 어차피 뻔히 그려질 미래라면 밧줄 아래에 노역하는 자가 아니라 차라리 그 밧줄을 쥔 사람이 되어야겠다고, 빌리는 그렇게 결심했을 뿐이다.

재회

실험실로 돌아온 조안은 시큰둥한 표정으로 유리창 밖을 훑었다. 갑자기 병동에 울린 안내 방송 때문에 미태나는 세미나실로 향했고 조안만 이곳에 남아 빈 실험실을 지키고 있었다. 대체 무슨 일인지 걱정하는 것도 잠시 조안의 눈꺼풀이 무거워지고 곧 졸음이 쏟아졌다. 간밤에 한숨도 자지 않은 탓이었다.

흐려진 조안의 시야가 순식간에 새까매졌다. 어둠 속에서 무언가가 번쩍이며 아른거렸다. 가까이 다가가보니 빛을 내뿜는 실이었다. 촘촘히 얽히고설킨 실타래는 꼭 거미줄 같았다. 거대한 크기의 황홀하게 빛나는 실은 아름다웠다. 그러나 거미줄 너머에 있는 사람들의 모습은 전혀 아름답지 않았다. 누군가는 울고 누군가는 뛰어다니고 누군가는 절규하고 있었다. 그 사이에 좌절하는 라이엇의 모습이 보였다. 기도하고 있는 즈밍의 얼굴도 보였다.

"이곳으로 넘어와요!"

거미줄을 가리키며 조안이 소리를 내질렀다. 그러나 목소리를 듣지 못한 것인지 사람들은 점점 더 조안에게서 멀어져만 갔다. 작아진 피사체가 새까만 점처럼 보일 때쯤 익숙한 목소리가 귓가를 울렸다.

"신조현 양은 어때요?"

조현의 이름을 들은 조안은 곧바로 눈을 떴다. 시선을 돌리자 유리관 밖에 선 하다코가 보였다. 그녀는 실험실 현미경으로 조안이 들고 온 드림버그를 이리저리 뜯어보고 있었다.

"아침까지 폭력적인 성향을 보이다 지금은 좀 안정됐어요."

하다코의 방역복에 내재된 스피커에서 튀어나온 목소리였다. 누군진 몰라도 다른 사람과 조현의 이야기를 하고 있다는 건 알 수 있었다. 숨죽인 채 서 있던 조안이 불쑥 목소리를 냈다.

"그게 무슨 소리예요?"

조안을 발견한 하다코의 고개가 유리관 쪽으로 돌아갔

다. 이제야 조안이 이곳에 있다는 사실을 떠올린 듯했다.

"내 동생한테 무슨 문제라도 있는 거예요?"

조안의 다그침에 하다코가 시선을 피하며 대답했다.

"네 동생이 깨어났어. 포그 환자가 깨어난 두 번째 사례지."

그 말을 들은 조안의 눈썹이 올라갔다.

"그럼 동생을 보게 해줘요. 만나야겠어요."

"나도 그러고 싶어."

우물쭈물하던 하다코는 골치가 아픈 듯 머리를 짚으며 말을 이었다.

"문제는 네 동생이 곧 재활센터로 이송될 거라는 거야. 그곳에서 적응이 되어야 집으로 돌아갈 수 있고."

마음 같아서는 당장이라도 실험실에 누워 있는 드림버그를 이용해 이 방을 나가고 싶었다. 그렇지만 일단 센터 내 상황을 파악하는 게 먼저였다. 가까스로 분노를 누른 조안이 물었다.

"할머니는요? 성함은 박기춘이에요. 할머니는 깨어나셨어요?"

"할머니는 아직. 조금 더 기다려야 해."

"난 대체 언제 내보내주는 거죠?"

조안의 투정에 하다코가 미안한 표정을 지으며 말했다.

"네가 물의를 일으키지 않겠다고 약속하면 바로 꺼내줄게."

'물의를 일으키지 않겠다'라는 단서에 조안은 최대한 불쌍한 표정을 지으며 두 손을 모았다. 열아홉 평생 단 한 번도 부려본 적 없는 아양이었다.

"그럼 제발 꺼내주세요, 조용히 집에 갈 테니까."

어린아이처럼 부탁하는 모습에 마음이 약해졌는지 하다코가 조안이 갇힌 유리관 쪽으로 다가왔다.

"약속하는 거야, 여기서 나가면 반드시 집으로 돌아가기로."

"네."

당부를 받아낸 하다코는 잠시 고민하다가 조심스레 유리관 문을 열었다. 그러고는 조안의 발목에 붙은 발찌를 벗겨주며 말했다.

"동생은 우리가 잘 돌볼 테니 너무 걱정하지 마."

그러나 조안은 하다코가 발찌를 풀자마자 그것을 그대로 집어 들어 그녀의 발목에 채웠다.

"이게 무슨 짓이야?"

하다코를 유리관 안으로 밀어 넣은 조안이 망설임 없이

문을 닫아걸며 말했다.

"미안해요, 그렇지만 이 방법밖엔 없어서요."

뒤이어 하다코가 유리창을 두드리며 뭐라 외치는 소리가 들렸지만 어쩔 수 없었다. 조안은 조현이 루나를 떠나 다른 곳으로 이송되기 전에 어떻게든 동생을 만나야 했다.

실험실을 탈출한 조안은 통로를 지나 로비로 뛰어갔다. 그리고 때마침 조안을 살피기 위해 달려오던 미태나와 정면으로 맞닥뜨렸다.

"월!"

조안의 부름에 미태나가 호흡을 고르고 입을 열었다.

"조안, 지금 네 동생이……."

"알아, 혹시 지금 어디 있는지 알고 있어?"

조안의 물음에 주변을 훑은 미태나가 그녀를 붙잡고 어디론가 향했다. 방금 연구동으로 넘어오기 전 환자 이송 차량 몇 대가 대기하고 있던 모습을 본 미태나였다.

"조안, 혹시 어젯밤 본 그 남자 기억 나?"

조안은 간밤에 만났던 골칫덩이 환자를 떠올렸다. 앞뒤 가리지 않고 공격적으로 달려들던 남자의 모습은 결코 잊을 수 없었다.

"당연하지."

"그 남자는 먼저 재활센터로 이송됐어, 거기서 동생하고 같이 지낼 거야."

"뭐?"

말을 마친 미태나가 입을 굳게 다문 반면 조안의 입은 벌어질 수밖에 없었다. 동생이 그런 사람과 함께 가고 있다는 이야기를 들으니 걱정이 배가 됐다.

"아무래도 센터에서 뭔가 숨기는 게 있는 거 같아."

"숨기다니, 뭘?"

"생각해봐. 일반적인 경우라면 오랜 시간 잠들었다 깨어났을 때 멍하거나 굼뜬 모습을 보이기 마련이잖아?"

미태나의 말을 들은 조안은 고개를 주억거렸다. 그 부분은 조안 역시 의아하게 생각했던 점이었다. 어째서 깨어난 이들이 갑자기 공격성을 보이는 걸까. 조안이 인상을 찌푸리자 미태나가 말을 이었다.

"아무래도 빌리한테 꿍꿍이가 있는 게 확실해."

"빌리?"

"여기 센터장 말이야, 빌리 오."

미태나의 코끝에는 아직 빌리의 몸에서 맴돌던 진한 향냄새가 남아 있었다. 미태나는 문득 어릴 적 엄마가 해줬던 이야기를 떠올렸다.

'어떤 영혼은 죽지 않고 오랜 시간을 걸쳐 살아가기도 한단다. 낡은 보금자리를 새것으로 바꾸는 것과 비슷한 이치지.'

옛날 인디언들은 사람이 죽으면 육신만 사라지고 영혼은 자연으로 돌아간다고 믿었다. 단, 그 믿음을 이행하기 위해서는 반드시 제사를 치러야 했다. 그 때문에 엄마는 미태나가 아끼던 개가 죽었을 때 개를 위해 제사를 치러주었다. 개의 영혼을 숲으로 보내주던 날, 엄마의 몸에서 온통 그 향냄새가 났다. 오래된 나무껍질과 산짐승의 피 그리고 달의 온기가 담긴 시냇물과 이끼의 냄새가 뒤섞인 오묘한 향이었다. 그런 향은 감히 만들어내려고 해도 똑같이 만들 수 없었다. 인간이 만들어내기 어려운, 자연만이 지닌 신비로운 향이니까.

"조안, 이제야 말하지만 사실 내 진짜 이름은 미태나야, 윌 사버가 아니라."

"뭐라고?"

뜬금없는 미태나의 고백에 조안의 발걸음이 멈췄다.

"그리고 난 사람의 전생을 볼 수 있어."

조안은 미태나의 말간 눈망울을 들여다보았다. 장난치

는 것 같지는 않아 보였다.

"믿기 어렵겠지만 네 전생의 영혼 중 가장 오래된 것은 아시비카시, 즉 거미 여인이야. 인디언 전통에 나오는 신화적인 존재지."

평소대로라면 말도 안 된다고 코웃음을 쳤겠지만 지금은 아니었다. 왠지 모르게 그간 이해되지 않던 문제의 퍼즐들이 맞춰지는 기분이 들었기 때문이다. 조안이 드림버그를 다룰 수 있었던 이유, 포그 환자의 꿈에 드나들 수 있던 이유. 어쩌면 이 모든 것이 다 운명이었던 건 아닐까.

"마지막으로……."

말을 잇던 미태나의 표정이 어두워졌다. 한참을 골똘히 생각하던 미태나가 결심한 듯 다시 입을 뗐다.

"오늘 낮, 나는 빌리의 전생을 보았어."

흔들리는 미태나의 눈빛을 마주하며 조안은 조심스레 물었다.

"혹시 아는 사람이야?"

"응, 사콘이라고 삼 년 전 테러를 일으키고 사라진 놈이야. 만일 놈이 제대로 환생했다면 원래는 세 살배기였어야 해. 그런데 쉰이 넘은 빌리 오라니, 뭔가 이상하잖아. 내 예측이 맞다면 놈은 분명 영혼을 옮겨 다니는 존재야. 이번

일의 배후일지도 모르고."

조안은 얼어붙은 몸을 움직일 수가 없었다. 미태나의 말대로라면 빌리는 사콘의 영혼을 물려받은 자였다. 그건 조안의 엄마를 죽게 한 테러리스트의 배후라는 뜻이었다. 그런데 그런 위험한 자가 루나를 관리하는 실질적 총책임자라니, 믿고 싶지 않은 이야기였다.

"더는 가만히 못 있겠어. 빨리 조현이를 찾아야지."

그 말을 하는 순간 건물 입구 쪽에서 조현이 뚜벅뚜벅 제 발로 입원동을 걸어 나와 이송 차량에 몸을 실었다. 조현의 근처에는 경비 로봇과 제임스가 서 있었다. 그 광경을 본 미태나와 조안의 시선이 조용히 부딪혔다. 조안은 이다음에 자신이 해야 할 일이 무엇인지 정확하게 알았다.

"이제 조현이랑 할머니를 되찾고 사람들을 깨울 거야."

조안의 주먹 쥔 두 손에 힘이 잔뜩 들어갔다.

*

"몸 상태는 어떠니?"

제임스가 부드러운 목소리로 조현에게 물었다. 그러나 조현은 대꾸 없이 꼿꼿하게 앉아 정면만 바라볼 뿐이었다.

"좀 괜찮아졌니?"

깨어나자마자 날 선 눈으로 사람을 죽일 듯 노려보던 조현의 얼굴은 시간이 지나자 어느새 무감각하게 바뀌어 있었다. 다만 대화하기 어려운 건 여전했다. 텅 빈 소녀의 동공과 절제된 몸동작은 로봇처럼 어색했다. 한참을 기다려도 원하는 대꾸가 돌아오지 않자 제임스는 체념한 표정으로 창밖을 내다봤다. 며칠째 밤새운 탓에 막심한 피로감이 몰려왔다. 잠깐 눈을 붙였을 뿐인데 어디선가 튀어나온 드림버그 한 마리가 폴짝 제임스의 허벅지 위로 뛰어올랐다. 잠시 후 녀석은 제임스의 손가락 위로 오르더니 이빨을 드러내 그를 물었다.

"죄송해요."

멀리서 희미하게 들리는 목소리를 들으며 제임스는 깊은 잠에 빠지고 말았다. 겁도 없이 공중에서 이송 차량을 갈취하겠다고 나선 건 미태나였다. 다행히 자율 주행 기술이 탑재되어 있어 운전할 필요가 없는 차량이었다. 미태나의 손짓에 화물칸에 숨어 있던 조안이 고개를 들고 나왔다. 드림버그는 다시 조안의 무릎 위로 건너가 앉았다.

"조현아, 정신이 좀 들어?"

조안은 멍한 표정으로 정면을 응시하고 앉은 동생에게

가까이 다가갔다. 동생의 뺨을 어루만지자 조안의 손이 닿은 자리만 발그레하게 달아올랐다. 그러나 여전히 반응은 없었다.

"이상해, 내 말을 못 듣는 거 같아."

깨어 있지만 잠든 것과 마찬가지인 듯했다. 이럴 땐 어떻게 해야 할지 한참 고민하던 조안은 문득 뭔가 떠오른 듯 다시 고개를 들었다.

"아무래도 다시 재워야겠어."

"뭐?"

"재운 다음 조현의 꿈에 접속하는 거야. 그럼 그 안에서 무슨 일이 벌어졌는지도 알 수 있고 대화를 나눠볼 수 있을지도 모르잖아?"

조안의 말을 들은 미태나는 멍하니 두 눈을 끔뻑였다.

"괜찮겠어? 지금 바로 깨어났는데 다시 재우는 건……."

혹시나 작전이 실패할 경우를 고려해 조금 더 신중해야 하지 되겠냐고 미태나가 슬쩍 떠보듯이 물었다. 그러나 조안은 미태나가 말리기도 전에 이미 드림버그한테 간곡한 부탁의 말을 전하고 있었다.

"내가 얼마나 동생을 사랑하는지 알지? 영원히 잠들게 해달라는 말이 아니야. 그냥 내가 동생이 어떤 꿈을 꾸고 있는지, 어떤 상태인지 보려는 거야. 우리가 대화할 수 있도록 네가 도와줬으면 좋겠어. 가능할까?"

조안의 청을 들은 드림버그는 앞다리를 모아 비비더니 몸통을 흔들어댔다. 이번에도 역시 조안의 말을 알아듣고 대답하는 것 같았다. 곧이어 조현의 목 근처까지 올라탄 드림버그가 조심스럽게 목을 물었다. 드림버그가 자리를 옮기자 빨간 자국이 조현의 목덜미에 남았다. 잠시 후 조현의 눈꺼풀이 감기더니 몸이 기우뚱 옆으로 엎어졌다.

"다녀올게."

그 말을 끝으로 조안은 눈을 감았다. 재활센터로 향하는 차량의 차창 밖에는 미아로마섬의 모습이 둥둥 떠다녔다.

꿈 밖으로

어디선가 시계 초침 소리가 들렸다. 눈을 떠보니 반쯤 무너진 건물 안이었다. 매캐한 연기와 시멘트 벽돌이 조안의 시야를 가로막고 있었다. 간신히 몸을 일으키자 정신없이 뛰어다니는 사람들의 모습이 보였다. 대부분 환자복을 입고 있었다. 몸이 성한 사람은 몇 없었다. 누군가는 살려달라고 소리치고, 누군가는 상처 부위에서 솟구치는 피를 막고 있었다. 아이는 목이 떨어져나간 곰 인형을 손에 쥔 채 울고 있었고 간호사는 환자를 진정시키느라 애를 먹고 있었다. 고개를 돌리자 반쯤 무너진 기둥 아래 작은 몸을 웅크리고 열중한 한 여자아이의 뒷모습이 보였다.

"조현이니?"

조현은 폭발물을 설치하고 있었다. 능숙한 모습으로 보

아 이번이 처음은 아닌 것 같았다.

"조현아!"

얼굴을 확인한 조안이 서둘러 조현을 붙들었다.

"언니 왔어, 응?"

그러나 조현은 잔뜩 겁에 질린 기색으로 같은 말만 중얼 거렸다.

"코드네임 딱따구리. 폭발물을 설치하고 사라진다. 코드 네임 딱따구리. 폭발물을 설치하고……."

"신조현!"

그 순간 조안은 조현의 귀에서 반짝이는 무언가를 발견 했다. 전에도 본 적 있는 이어폰이었다.

"기다려봐, 이거 빼줄게."

조안은 조현의 귀를 붙잡고 손가락을 집어넣었다. 너무 깊숙이 껴 있어 꺼내기가 좀체 쉽지 않았다. 조현이 설치 한 폭발물의 카운트다운 숫자는 점차 줄어들고 있었다. 조 안은 두 손으로 자신의 관자놀이를 짚은 채 생각했다. 그때 조안의 손끝이 살짝살짝 갈라지며 뜨거워지더니 실이 뻗 어 나오기 시작했다. 조안은 조현의 귀를 바라보았다. 손가 락이 두껍다면 방법은 하나뿐이었다.

촉수처럼 길게 뻗은 실이 조현의 귓속으로 들어가 고막

바깥에 붙은 그것을 꺼냈다. 빠져나온 것은 작은 유리구슬 같은 발광체로, 기계처럼 보였지만 기계는 아니었다. 설마 이것도 주술로 만들어낸 건가 싶어 고개를 갸웃하는데 동작을 멈춘 조현이 유리구슬 같은 눈망울로 조안을 올려다봤다.

"언니?"

두 사람은 그제야 감격에 겨운 얼굴로 서로를 와락 끌어안았다.

"이거 꿈 아니지? 진짜 언니인 거지?"

조현은 그간 자신이 이곳에서 얼마나 무서웠는지, 얼마나 언니를 보고 싶었는지, 반나절에 걸쳐도 결코 끝마치지 못할 이야기를 시작하려 했다. 그러나 제대로 된 이야기를 꺼내기도 전에 조안에게 저지당하고 말았다.

"조현아, 잠깐만."

병원은 아직 사람들로 가득했다. 이대로 두면 더 많은 부상자가 생겨날 게 분명했다. 조안은 점점 줄어드는 폭발물의 카운트다운 숫자를 보며 물었다.

"이거 뭐야? 진짜 터지는 건 아니지?"

폭발물을 발견한 조현의 눈이 휘둥그레졌다.

"이게 왜 또 여기 있지? 분명 제거했는데. 비밀번호를 모두 맞혔다고!"

"그게 무슨 소리야? 여태 이걸 만지고 있었어?"

조안이 묻자 조현은 눈물을 쏟아내며 고개를 끄덕였다. 애써 설명하지 않아도 그동안 조현이 얼마나 괴롭고 끔찍했을지 짐작할 수 있었다.

"도망가야 해, 언니. 당장 여기서 나가지 않으면……."

폭탄이 터지면 꿈은 리셋될 것이다. 새하얗게 질린 조현을 보니 사태가 얼마나 심각한지 체감됐다. 이제 약 일 분밖에 남지 않았다. 폭발물은 곧 터진다. 아무리 꿈일지언정 고통의 기억은 남기 마련이다. 우선 사람들을 이곳에서 대피시켜야만 했다.

앞서 뛰어간 조안이 복도에 대고 외쳤다.

"폭탄이에요! 다들 빨리 여기서 나가요!"

조안의 목소리를 들은 사람들은 하나둘 발걸음을 재촉하기 시작했다. 조현 역시 부상자들을 도와 재빠르게 계단 아래로 향했다. 아수라장이 된 병원 계단에는 먼저 나가겠다는 사람들로 붐볐다. 그때였다. 막 정문을 빠져나가려던 찰나 조현은 뭔가 이상함을 감지했다.

"언니?"

사람들이 한 차례 썰물처럼 빠져나갔는데도 여태 조안

은 내려오지 않고 있었다.

"언니, 뭐 하는 거야? 빨리 와!"

조현이 재촉했지만 계단 위에 선 조안은 멍하니 서 있을 뿐이었다. 잽싸게 계단 위를 올라간 조현은 조안이 보고 있는 것을 발견하고 굳어버렸다. 두 사람의 시선 끝에 닿은 건 이번에도 엄마였다. 엄마는 조현을 이 꿈으로 이끌었을 때처럼 다정한 눈길로 조안을 향해 손짓하고 있었다.

"안 돼, 언니."

엄마를 따라가려는 조안의 팔을 조현이 붙잡았다. 조현은 조안을 향해 고개를 내저으며 말했다.

"언니, 저건 진짜 엄마가 아니야."

하지만 조안은 그 말이 들리지 않았다. 엄마는 조안이 가지 말라고 붙잡았던 마지막 날 모습과 똑같았다. 조안은 저게 가짜여도 상관없었다. 잠들기 전 매일같이 빌어도 조안의 꿈에 한 번도 나타나지 않았던 엄마가 조안을 부르고 있었으니까.

"조안아."

혼자 남은 엄마의 목소리가 복도에 울리자 조안은 한 걸음 더 가까이 다가갔다. 그러자 작은 몸집에 온 힘을 실은 조현이 버티듯이 조안을 잡아당겼다.

"언니, 나가야 해. 안 그러면······."

이 기나긴 꿈이 또다시 반복되고 우린 이곳에 영영 갇힐 거라고, 그럼 언니가 나를 찾아온 게 의미가 없어진다고, 그렇게 말하고 싶었는데 목소리가 나오지 않았다. 조현은 언니의 표정을 보았다. 언니는 소리 없이 울고 있었다. 매일 밤 조현의 머리를 어루만져주면서 다 괜찮아질 거라고 말하던 언니는 항상 눈으로 울고 있었다. 어른도 아니면서 늘 어른인 척 굴던 언니는 언제나 눈물을 꾹꾹 삼켰다. 그런 언니도 엄마가 얼마나 그립고 보고 싶었을까.

"그렇지만 언니, 엄마는 죽었어······."

고개를 푹 수그린 조현의 몸에서 힘이 빠져나갔다. 단 한 번도 조현이 입 밖으로 꺼내본 적 없는 말이었다. 조현은 지하 유골 센터로 간 엄마가 땅 밑에서 지켜준다고 믿었다. 하지만 그런 믿음마저도 엄마의 부재를 뛰어넘을 수는 없었다. 이따금 엄마의 빈자리가 느껴질 때면 조현은 항상 가슴이 아닌 머리가 아팠다. 머리가 터질 것처럼 두근대서 약을 먹지 않고서는 참을 수 없었다. 그럴 때마다 조현은 엄마는 죽지 않았다고 되뇌었다. 하지만 지금 조현의 곁에 있는 언니를 위해서라면 그 말을 꺼내야 했다. 엄마가 죽었다는 걸 언니에게 인지시켜야 했다.

"엄마를 살릴 방법 같은 건 없어. 내가 해봤어, 계속 해봤는데……."

조안의 고개가 서서히 조현을 향해 돌아갔다. 소리도 내지 못하고 몸을 들썩이는 동생이 얼굴을 두 손으로 가린 채 울고 있었다. 조안은 말없이 그런 조현의 머리 위에 손을 얹고 자신의 품으로 끌어당겨 꽉 껴안아주었다.

삐이.

그 순간 폭탄의 타이머가 영 초가 되었고 조안은 눈을 감았다. 주변 소음이 아득해지면서 오롯이 숨소리만 귓가에 들렸다. 진동하는 공기 중으로 모든 입자가 부유하고 있었다. 더는 시간의 흐름도 공간의 물질성도 느껴지지 않는 순간, 조안의 머리카락 끝이 밝은색으로 물들고 몸이 두둥실 떠올랐다. 사방에 퍼진 빛의 입자가 촘촘해지더니 거미줄처럼 서로를 엮기 시작했다. 그 안으로 폭발물의 잔해를 비롯한 모든 게 마치 블랙홀처럼 빨려 들어갔다. 조금 전 간신히 건물 밖으로 빠져나갔던 사람들도 아직 건물 안에 숨어 있는 사람들도 모두 한순간에 빠른 속도로 빛의 실을 통과해 사라졌다. 엄청난 흡입력에 버티기 어려운 건 조현 역시 마찬가지였다.

"언니!"

"괜찮아, 먼저 가."

"그렇지만 언니랑 같이……."

끝끝내 버티던 조현이 손을 뻗었지만 그 손은 미처 조안에게 가닿지 못하고 멀어졌다.

"언니, 언니!"

조현의 짤막한 외침과 함께 팽창된 빛의 실이 주위를 감싸안았다. 이윽고 폭발이 끝났을 때 세계의 모든 것이 마치 구겨졌다 펴진 페이지처럼 말끔하게 사라졌다.

그곳에 남은 건 오직 자매의 그리움이 만들어낸 희미한 엄마의 흔적뿐이었다.

*

여기저기서 두통을 호소하는 사람들이 나타났다. C구역의 포그 환자들이 잠에서 깨어나면서 벌어진 일이었다. 의료진과 연구진이 센터 안을 바삐 뛰어다녔지만 환자들의 각성을 알리는 알람 벨은 곳곳에서 끊임없이 울려댔다. 환자 수에 비해 연구진의 수는 턱없이 모자랐다.

'하필 이런 중요한 때 제임스는 어딜 간 거야.'

하다코는 환자들의 상태를 확인하며 연신 이마의 땀을

닦아냈다. 오전 중에 깨어난 환자를 재활센터로 이송시키고 돌아오겠다던 제임스는 아직까지 감감무소식이었다.

"여기 깨어난 환자가 또 있습니다."

"이름은?"

"라이엇 리치, 이스트랜드에서 온 환자입니다."

하다코가 차트에 각성 환자를 표시했다. 이쯤 되면 이 구역의 환자 대부분이 깨어난 셈이다. 어떻게 된 일인지 아무도 모르는 상황 속에서 하다코가 외쳤다.

"우선 센터장님한테 보고드려."

연구원이 알아들었다는 듯 고개를 끄덕였고 하다코는 다시 환자들의 상태를 확인하기 위해 달려갔다.

빌리는 휠체어에 탄 채 초조하게 자신의 집무실을 배회했다. 사람들이 깨어났다. 그마저도 모자라 바깥 세계에 풀어둔 드림버그들이 하나둘 기력을 잃고 사라지고 있었다. 도대체 어떻게 된 영문인지 알 수 없었다. 때마침 비서 로봇이 들어와 빌리가 기다리던 정보를 읊었다.

"센터장님, 말씀하신 미트로바 아들에 대한 정보를 찾아 냈습니다."

"그래, 그게 누구지?"

"미태나, 사우스랜드 웨어가에 거주하고 있다가 이 주 전쯤 섬을 떠나 메인랜드로 입도한 기록이 있습니다. 그런데 메인랜드에서 행적이 끊겼고 마지막으로 목격된 곳은 이 근방이에요."

비서가 내민 자료는 메인랜드의 암시장 근처를 가리키고 있었다.

"확인해보니 이 근처에서 신분을 사고파는 경우가 있다고 합니다."

빌리도 들어본 적 있었다. 메인랜드에는 사람의 신분을 잠시 빌릴 수 있는 곳이 있다는 소문이었다. 그런데 그렇게까지 해서 미태나가 이곳 루나를 찾아온 이유가 무엇일지 궁금했다.

"아, 그리고 미태나라는 소년에게 특별한 능력이 있다고 합니다."

"특별한 능력?"

"예, 사우스랜드 웨어가에서 전생을 보는 소년으로 유명했던 모양이에요. 이 능력을 발판 삼아 사람들의 앞날을 점쳐주기도 했고요."

비서의 말을 들은 빌리의 얼굴이 묘하게 일그러졌다. 미트로바 아들에게 그런 능력이 있다는 건 전혀 예측하지 못한 변수였다. 이렇게 된 이상 전면전이 될 수밖에 없었다.

휠체어에서 벌떡 일어난 빌리가 오크나무로 만든 두꺼운 지팡이로 바닥을 짚었다. 그러고는 지팡이 끝으로 바닥을 무심하게 톡톡 두드렸다. 그러자 나무 지팡이가 갈라지더니 드림버그의 몸통이 만들어졌다. 잠시 후 순식간에 증식하듯 불어난 드림버그들이 방 안에 득실댈 정도로 가득 찼다. 빌리는 자신을 에워싼 녀석들을 향해 지시했다.

"이제 내가 직접 내 꿈으로 들어가야겠어. 겨우 한 세기도 살아보지 못한 애송이가 감히 신분을 속이고 내 영역으로 들어와 주술을 깨뜨려?"

더 이상 빌리가 드림버그 뒤에 몸을 숨기고 있을 이유가 없었다. 이제는 직접 나서야 할 차례였다.

*

바닥으로 곤두박질치듯 떨어진 조안이 힘겹게 눈을 떴다. 희뿌연 안개가 사방에 가득했다. 아무리 손을 휘저어봐도 잘 걷히지 않는 안개였다.

한 치 앞도 보이지 않는 공간에서 유일하게 지탱할 건 자신의 몸뿐이었다. 걸음을 내딛는데 무언가가 발밑에서 바스락 소리를 내며 부서졌다. 자세히 보니 버석하게 마른 드림버그의 허물이었다. 조안은 조심스럽게 빈껍데기를 들어보았다. 그러자 누군가 조안의 손을 덥석 붙들었다.

"도와주세요."

고개를 돌린 조안은 깜짝 놀랐다. 안개가 걷히면서 나타난 것은 오크나무로 지어진 거대한 수용소였다. 그 앞에 조안을 부르며 튀어나온 사람은 다름 아닌 사콘이었다. 사콘은 몇 년은 자르지 않은 듯 푸석해진 희고 긴 머리를 넘기며 말했다.

"날 좀 여기서 꺼내주세요, 제발."

부르튼 뺨에 이는 누렇게 썩은 데다 눈가에는 다크서클이 짙은 형색이었다. 그를 본 순간 조안은 주춤거리며 뒷걸음질 쳤다. 그러자 가까이에서는 보지 못했던 수용소의 전경이 드러났다.

감옥은 독방을 일렬로 붙인 구조였는데 방마다 사람들이 죄수처럼 갇혀 있었다. 조안은 그 안에서 울부짖는 사람들의 얼굴을 보았다. 그중에는 넋이 나간 얼굴로 혼잣말을 중얼대는 중년 여성이 있는가 하면 아직 앞날이 창창해 보이는 젊은 남자도 있었다. 그리고 그 사이로 루나의 센터장인 빌리 오의 모습도 보였다. 그는 한 손으로 아픈 다리를 움켜쥔 채 기운 없이 누워 있었다. 얼마나 피곤하고 지쳐 보이는지 제 나이에 비해 늙어 보이는 얼굴이었다.

조안은 영문 모를 얼굴로 사콘을 향해 고개를 돌렸다. 뉴스에서 봤던 얼굴과 똑같았다. 다른 점이 있다면 눈빛이었다. 그의 눈에는 슬픔과 무기력이 가득했다. 테러를 자행할 만큼의 분노나 집념 따위는 찾아볼 수 없었다.

"이제 지쳤어. 더는 놈이 우리 몸으로 벌이는 짓에 동참하고 싶지 않다고."

그 말을 들은 조안은 문득 이 세계에 들어오기 직전 미태나가 했던 말을 떠올렸다.

'빌리의 몸엔 사콘의 영혼이 잠들어 있어.'

만일 전생의 기억을 가진 자가 사람의 몸을 옮겨 다닐 수 있다면, 이곳에 붙잡혀 있는 자들은 어쩌면 자신의 몸을 빼앗긴 자들일지도 몰랐다. 그런데 이 정도로 많은 수라면 대체 얼마나 오랜 시간 동안 몸을 옮겨 다닌 걸까. 조안은 울화통이 치밀어 오르는 걸 꿀꺽 삼키며 물었다.

"제가 어떻게 하면 되죠?"

사콘은 한때 조안이 엄마의 목숨을 빼앗아 간 원흉이라 여겼던 남자다. 예전에는 뉴스에서 사진을 보는 것만으로도 분노로 치가 떨렸는데 보아하니 조안과 처지가 크게 다르지 않아 보였다. 조안의 질문을 받은 그는 움푹 파인 구덩이 같은 눈을 끔뻑이며 거미줄이 쳐진 입을 열어 말했다.

"나도 잘은 모르지만 한 가지 확실한 건⋯⋯."

망설이던 그가 힘겹게 말을 이었다.

"영혼을 옮기는 주술가의 힘이 필요하다는 거요."

"주술이요?"

안타깝게도 주술은 조안이 잘 모르는 영역이었다. 그런데다 영혼을 옮긴다니, 제아무리 아시비카시의 환생이라고 해도 조안의 능력 밖이라고 느껴졌다.

한숨을 내쉬는데 뒤편에서 발소리가 들려왔다. 동시에 오크나무 타는 냄새가 바람을 타고 코끝에 스쳤다. 누군가가 열쇠 꾸러미를 짤랑이며 이곳으로 다가오고 있었다. 조안은 서둘러 몸을 숨겼다.

*

"언니!"

전신이 땀에 젖은 조현이 이송 차량에서 눈을 떴다. 곁에는 쓰러진 조안과 제임스가 보였다. 두 사람 모두 아직 곤히 잠든 상태였다.

"언니!"

조현은 몇 번이고 조안의 몸을 붙잡고 흔들었다. 한참이나 소리를 내질러봐도 의식은 돌아올 기미가 보이지 않았다. 눈물이 가득 고인 조현의 어깨가 미세하게 위아래로 흔들렸다. 그만 울고 싶은데 도무지 눈물이 멈추지 않았다. 그 순간 조현의 작은 어깨를 누군가가 가볍게 쥐었다. 고개를 돌아보니 미태나, 아니 윌이 서 있었다. 잔뜩 경계하는 표정을 지은 조현에게 미태나는 안심하라는 듯 손을 내저으며 말했다.

"걱정 마, 널 해치려는 게 아니니까."

미태나의 방역복을 노려보며 조현이 물었다.

"누구세요?"

"그냥 언니의 친구라고 해두자."

앞뒤 사정을 설명하기에는 너무 긴 대화가 될 터였다. 무엇보다 항로를 이탈해 공중에 떠 있는 이송 차량을 위험 비행체로 인식한 당국이 비상착륙 명령을 내린 상태였다. 삼십 분 안에 착지하지 않으면 곧 사격대가 와서 미사일을 쏘겠다고 협박할 것이다. 깨우겠다고 한 조현이 정신을 차렸으니 이제 조안도 슬슬 일어날 때가 되었는데 어찌 된 일인지 아직도 깊은 잠에 빠져 있었다.

"혹시 꿈속에서 무슨 일이 있었던 거니?"

미태나가 묻자 조현은 애원하듯이 답했다.

"언니는 그 안에 갇혀 있어요. 거기에서 나오려면 누군가의 도움이 필요해요."

"도움?"

"당장 가서 도와줘야 한다고요! 안 그러면 영영 그 안에 갇히고 말 거예요."

애타는 마음은 알겠지만 지금 이 상태에서 미태나마저 꿈속으로 사라지면 차량을 무사히 착지시킬 인력이 없었다. 미태나는 긴 한숨을 내쉬며 차량의 자율 주행 장치를 내려다봤다. 아무리 자율 주행이 가능한 차량이라도 안전하게 착지하기 위해서는 적어도 한 명 이상의 성인 보조자가 필요했다. 운 좋게도 제임스가 눈을 뜬 건 그때였다. 두 손을 높이 든 그는 무언가를 발견했다는 듯 희열에 찬 표정이었다.

"드디어 알아냈어."

"뭘요?"

"악몽의 비밀 말이야."

제임스는 지금 대화하는 상대가 누구인지, 지금 이곳이 어디인지는 그다지 관심 없다는 듯 흥분해서 이야기를 늘어놓았다.

"거긴 현실과 완전히 똑같이 만들어진 세계야. 다른 점이 있다면 그곳에선 꿈꾸는 자가 계속 위험에 처하지. 처음에는 자신의 트라우마 안에 갇혀 있던 수면자가 일정 시간이 지나면 꿈을 꾸는 다른 사람들과 만나. 그들과 싸우기도 하고 같은 편을 먹기도 하면서 전투 레벨이 상승하면 알아서 각성하기도 해. 쉽게 말하면 전투병을 길러내기 위한 세계인 거지."

장황한 설명이었지만 조현은 이미 겪은 세계였고, 미태나 또한 직접 가보지 않더라도 추론할 수 있는 이야기였다. 미태나는 흥분한 제임스를 운전석에 앉히며 말했다.

"그렇다면 그 꿈을 설계한 사람이 누군지도 알아챘겠네요?"

그러자 제임스는 그게 무슨 말이냐는 듯 어리둥절한 표정을 지었다.

"연구소장님, 부탁 하나 드려도 될까요?"

안전벨트를 채우자 제임스가 뒤늦게 상황을 파악한 듯 인상을 썼다. 그러고 보니 조금 아까 전 이송 차량에 같이 탔던 조수의 얼굴이 아니었다.

"제가 이 모든 문제를 일으킨 빌리 오를 데리고 오기까지, 이 차량을 무사히 착륙시켜주세요. 지금쯤 루나에서도 모두 제임스를 기다리고 있을 테니까요."

"뭐, 누구? 빌리 오?"

제임스가 어리둥절한 표정을 지으며 착륙 장치에 손을 얹는 동안 미태나는 차량 구석에 있던 드림버그를 찾았다. 실은 처음 본 순간부터 느끼고 있었다. 드림버그와 소통할 수 있는 게 비단 조안뿐이 아님을. 미태나는 녀석과 눈을 맞추며 속으로 말했다.

'나를 그 아이가 있는 곳으로 데려가줘.'

그러고는 떨리는 눈꺼풀을 살포시 닫았다.

*

짤랑거리던 열쇠 소리가 지척에서 멎었다. 안개 속에서 매캐한 냄새가 코를 찔렀다. 조안은 감옥과 감옥 틈새에 몸을 욱여넣은 채 숨을 참았다.

휘익.

누군가 휘파람을 불자 순식간에 안개가 걷히고 시야가 밝아졌다. 조안은 의아한 얼굴로 주위를 두리번거렸다. 서 있는 자리는 폐허가 된 마을이 내려다보이는 언덕 위였다.

분명 전에 본 기억이 있는 광경이었다. 불타고 잔해만 남은 마을. 센터에 오기 전 몇 주째 조안이 반복해서 꾸던 꿈이었다. 주먹을 쥔 조안의 손이 부들부들 떨렸다.

"뭐 때문에 사람들을 이런 악몽에 가둬놨는지 궁금하지?"

난데없이 튀어나온 목소리에 조안이 뒤돌아보자 망토를 뒤집어쓴 소년 하나가 서 있었다. 휠체어를 탄 빌리 오도, 뉴스 속에서 사진을 봤던 사콘의 모습도 아니었다. 초록빛 눈을 가진 상대는 까만 피부에 군데군데 흰 얼룩이 있는, 비쩍 마른 소년이었다.

"여기까지 올 수 있는 사람이 있을 줄 몰랐는데. 용케 들어와 내 꿈을 헤집어놓은 데다 사람들까지 깨웠군."

호기심 어린 눈빛으로 조안을 훑던 소년이 중얼댔다.

"그런데 넌 미트로바의 아들이 아니구나. 어떻게 여기에 들어왔지?"

조안은 눈동자를 굴리며 뭐라고 이야기하는 게 좋을지 생각했다.

"내가 묻는 말엔 빠르게 답하는 게 좋을 거야. 대답하지 않으면 이 꿈에서 쫓아낼 거니까."

소년의 재촉에 조안이 입을 열었다.

"난 내 가족을 찾으러 왔어."

"가족?"

"동생과 할머니가 포그 환자가 되어 여기 갇혔거든."

"아, 그 가족……."

소년은 피식 웃으며 말을 이었다.

"그럼 넌 나한테 고마워해야겠네. 어차피 곧 사람들은 전장에 끌려갈 날이 올 테니 미리 전술을 배워두는 것도 나쁘진 않잖아?"

"그게 무슨 소리야?"

조안이 묻자 소년이 대꾸했다.

"난 전쟁을 벌일 생각이거든, 메인랜드를 상대로."

그 말을 들은 조안의 이맛살이 구겨졌다. 그러거나 말거나 소년은 계속해서 말을 이어나갔다.

"언젠가는 또다시 일어날 일이야. 섬사람들이 메인랜드 사람들에게 착취당하는 구조는 피할 수 없으니까. 지배받기 전에 먼저 지배하려는 것뿐. 그러기 위해서는 섬사람들의 전투력을 먼저 보강할 필요가 있었고."

오만하고 건방진 말이었다. 무엇보다 조안의 머리로는 이해할 수 없는 말이었다. 지배 구조가 분명한 사회에서 또 다른 지배 세력을 만들다니. 그보다 먼저 평등한 사회를 만들기 위해 노력해야 하는 것 아닌가. 그러자 소년은 조안의 마음을 읽기라도 한 듯 대답했다.

"네가 꿈꾸는 평등한 사회는 없어. 실수한 사람들을 봐주면 더 큰 실수가 나와. 죄를 저지른 사람을 용서하면 관용을 베푼 사람만 우스워지지. 고대 속담 같은 게 왜 있는 거 같아? 적자생존, 약육강식, 이딴 말이 너희가 있는 이스트랜드에서 왜 나왔을 거 같으냐고. 그게 다 오랜 시간에 걸쳐 인간이 파악한 현실이기 때문이야."

하지만 메인랜드와 섬 자치제가 아무리 부족한 제도라 하더라도 지난한 세월 동안 전투로 지친 사람들이 평화를 약속하며 만든 것이었다. 수십, 수백, 수천만의 사상자로 인구 축소를 겪은 다음 비로소 얻게 된 휴전이었다. 그 평화가 오랫동안 지속되지 않을 거라고 해서 과연 그걸 깨뜨리는 것이 마땅한 걸까. 조안은 고개를 절레절레 내저으며 말했다.

"그 어떤 전쟁에도 명분이란 건 없어."

조안은 명분이라는 말이 애당초 전쟁과 어울릴 수 없다고 생각했다. 제도에 흠이 있다면 그 제도를 고치면 된다. 이 세상에 완벽한 제도는 없으니까. 시대나 상황에 따라 조금씩 바꾸어나가고 더 나은 제도를 만들기 위해 노력하는 게 인간이 해야 할 일 아닌가. 그러자 소년이 코웃음을 치며 조안의 생각을 비웃었다.

"아직 백 년도 못 살아본 코흘리개가 누굴 가르치려 들어? 너 같은 이상주의자들 때문에 사람들이 전쟁의 희생양이 된 거야. 상대는 협조할 생각 없는데 너 혼자 멍청하게 평화를 논하면 그냥 대책 없이 죽기밖에 더 하겠어?"

하지만 겨우 열아홉 살이기 때문에, 인생이 얼마나 짧은지 알기 때문에 조안은 감히 말할 수 있었다.

"맞아, 난 백 년도 안 살아봤어. 그래서 알아, 이 짧은 인생이 얼마나 힘겨운지. 아무리 인간의 수명이 늘어났다고 해도 대부분의 평범한 사람들은 이백 년을 살까 말까 해. 겨우 그 시간 동안에도 소중한 사람들을 곁에 두고 지키면서 사는 게 얼마나 힘든 줄 알아? 삼 년 전 그날 네가 이끄는 곳에서 테러리스트가 나오지 않았다면 나는 내 가족이랑 조금 더 오래 같이 지낼 수 있었어. 그랬다면 앞으로 남은 인생이 얼마나 더 행복했을 줄 네가 알기나 해?"

조안은 분해서 참을 수가 없었다. 눈앞의 소년이 아니었다면 조안과 조현은 아마 지금보다는 더 여유롭게 일상 속 행복을 만끽할 수 있었을 거다. 한 손에는 엄마 손을 붙잡은 채 다른 손으로는 할머니와 팔짱을 끼고 근심 없이 웃을 수 있었을 거다. 그런데 소년은 그 소중한 걸 조안한테서 빼앗은 주제에 거창하게 제도를 운운하고 있었다.

"이미 독립한 영토를 다시 침탈하려 들고, 식민지를 만들어 사람을 노예로 부리려 하고……. 그런 전쟁 같은 거, 대체 누구를 위해서 하는 건데? 그딴 건 현실을 사는 나처럼 평범한 사람들한텐 그냥 어느 날 갑자기 하늘에서 뚝 떨어진 날벼락 같은 거야. 의지와 상관없는 재난 같은 거라고."

분노로 들끓는 조안의 손끝에서 빛의 거미줄이 뿜어져 나왔다.

그 모습을 보던 소년은 흥미롭다는 표정으로 한 손으로 자신의 볼을 톡톡 쳤다. 오호라, 그러니까 저 녀석은 상대의 꿈에 들어와 무언가를 할 수 있는 거로군.

"그래서 네가 날 막기 위해 뭘 할 수 있는데?"

소년이 묻자 조안은 그를 노려보며 온 신경에 집중했다. 어느 순간 조안의 손끝에서 뻗어 나온 실이 거대한 원형 고리를 만들어내더니 소년의 몸을 에워쌌다. 소년은 자신의 주변을 둘러싼 거미줄을 손으로 만져보았다. 가늘고 얇은 실이었지만 생각보다 질기고 탄탄했다. 거미줄의 형태를 보니 짚이는 점이 있었다.

"이런 걸 만들어내는 사람을 아시비카시라고 불렀다지, 아마?"

소년이 거미줄을 보는 사이 조안은 손을 오므려 줄을 팽팽하게 잡아당겼다. 예상대로라면 거미줄에 걸린 소년이 꼼짝 못 하고 버둥거려야 했다. 그러나 웬일인지 소년은 조안의 실을 손쉽게 끊어내더니 곧바로 고개를 쳐들었다.

"내가 말했지, 넌 모른다고. 넌 날 없앨 방법도 앞으로의 세계가 어떻게 흘러갈지도 몰라. 왜인 줄 알아? 여긴 내가 만든 세계니까."

조안을 향해 성큼성큼 다가온 소년이 들고 있던 지팡이를 땅에 두드렸다. 그러자 땅에 있는 모든 게 진동하더니 공중으로 부유했다. 떠오른 건 조안의 몸도 마찬가지였다. 중력을 거스른 조안의 몸이 하늘 높이 치솟으며 구름에 걸린 듯 대롱거렸다. 소년의 손길이 닿지 않는데도 조안은 누군가에게 목이 졸리는 느낌을 받았다. 공기의 압박감이 너무 심해 숨쉬기가 어려웠다. 목구멍이 좁아졌고 눈을 제대로 뜰 수조차 없었다.

그때 어디선가 짤랑하고 열쇠 부딪치는 소리가 났다.

주변이 깜깜해지더니 먼 데서 마치 북이 울리는 것 같은 소리가 점점 더 가까워졌다. 동작을 멈춘 소년이 귀를 기울여 소리에 집중했다. 자세히 들어보니 사람들의 발소리였다. 곧이어 횃불을 들고 뛰어오는 사람들이 모습을 드러냈고 맨 앞에서 긴 머리를 헤치고 달려오는 사콘의 모습이 보였다.

"저놈을 잡아라!"

사콘이 손을 들어 외치자 뒤따라 달려온 수감자들이 소년의 몸에 다닥다닥 달라붙기 시작했다. 떼를 지어 몰려든 수감자들은 꼭 순식간에 자리에서 불어난 드림버그와 비슷해 보였다. 당황한 소년이 손에서 지팡이를 놓치자, 그걸 주워 든 미태나가 모습을 드러냈다.

미태나는 여유롭게 열쇠를 휘휘 돌리며 말했다.

"나를 잊고 있었나 본데, 난 네 꿈에 직접 접속하진 못해도 네가 가둬둔 영혼들을 풀어줄 순 있거든. 그게 우리 가문이 하는 일이니까."

바닥에 털썩 떨어진 조안이 고개를 들고 미태나를 쳐다봤다. 그러자 그는 기다렸다는 듯 손을 내밀었다.

"준비됐어?"

"무슨 준비?"

"나갈 준비. 이제 진짜 빌리를 세상에 보내고 우리도 나가야지."

미태나의 뒤엔 감옥에 갇혔던 빌리가 수줍게 손을 흔들며 서 있었다. 조금 전과 다르게 표정이 밝아진 인자한 인상의 아저씨였다. 조안은 고개를 끄덕이며 미태나의 손을 붙잡았다. 그러나 아직 해야 할 일이 남아 있었다.

"잠깐만."

소년에게 다가간 조안이 걸음을 멈췄다. 거대한 인간 실타래 사이에 낀 그의 모습은 우스꽝스러웠다.

"네 말이 완전히 틀렸다는 건 아냐. 인간은 결국 자기 자신을 제일 먼저 생각하게 되니까 언젠가 같은 실수를 반복할지도 모르지. 아니, 그렇게 될 거야. 그렇지만 난 먼 미래 따위는 몰라. 나같이 평범한 사람들은 하루하루 살기에도 바쁘거든. 그래서 오늘을 지키는 거야. 당장의 평화를 깨뜨리지 않으려 최선을 다하는 거고."

단숨에 이야기하는 바람에 숨이 찼다. 조안은 참았던 숨을 모두 토해내듯 한숨을 내쉬며 말을 이었다.

"그런데 말이지, 그 오랜 시간 동안 네 삶에 매일같이 지켜야 할 평화가 없었다는 게 안쓰러워."

그 말을 끝으로 조안은 눈을 감았다. 마지막 말만큼은 진심이었다. 언젠가 저 소년이 겪거나 당했던 말 못 할 고통이 있다면, 만일 그 고통의 기억이 결국 소년을 이 세계로 이끌었다면 누군가 그 소년에게 몹쓸 짓을 한 것이리라.

어느덧 조안의 몸을 둘러싼 거미줄이 커다란 원형 고리 형태로 두둥실 떠올랐다. 그 안으로 빌리와 미태나의 몸이 먼저 빨려 들어갔고 이어 조안의 몸도 공중으로 솟구쳤다.

조안의 시선으로 저 멀리 감옥에 불붙는 모습이 보였다. 활활 타오르기 시작한 불씨는 이내 오랜 시간을 거쳐 온 영혼들의 몸으로 옮겨붙더니, 산불처럼 번져갔다. 이번에도 조안의 코끝에 탄내가 스쳤다. 그렇지만 오크나무 냄새는 아니었다. 그건 엄마의 유골함에서 나던 냄새와 비슷했다. 아마도 살아 있는 사람이 맡을 수 있는 가장 잔인하고도 서글픈 냄새일 것이다.

에필로그

"이 똥강아지가 또 말썽이네."

구형 주방 보조 로봇이 또 고장 난 모양인지 할머니가 주방에서 아침부터 입씨름 중이었다. 조안은 졸린 눈을 비비며 일어나 할머니한테 다가갔다. 말없이 등을 끌어안으면 할머니의 주름진 뱃살이 손에 쥐여서 기분이 좋았다.

"에구, 징그럽게 뭐 해? 가서 동생이나 깨워!"

조물거리는 손을 걷어내면서도 내심 싫어하지는 않는 눈치라, 아침 인사 대신 조안이 곧잘 하는 행동이었다. 조안은 알아들었다는 듯 경례를 올려붙이고 조현의 방문을 두드렸다.

"조현아, 얼른 일어나. 학교 가야지."

문을 열었는데 조현의 모습이 보이지 않았다. 침대 위에는 봉긋하게 솟아오른 이불 더미만 있었다. 조안은 조심스레 솜이불을 젖혀보았다. 역시나 안에 있는 건 사람이 아니라 쿠션이었다.

"언니, 빨리 와서 밥 먹어. 식는다."

고개를 돌리자 벌써 준비를 끝내고 주방에 앉은 조현이 밥그릇을 든 채 씩 웃고 있었다. 벌써 몇 번 반복된 장난인데도 매번 조안은 속고 말았다.

아침 식사를 기분 좋게 마친 두 사람이 양옆에서 할머니의 옆구리를 만지며 자리에서 일어났다. 각자 두둑이 배를 채웠으니 이제 등교할 일만 남았다. 학교로 향하는 길에 여느 때처럼 라딸이 함께했다. 라딸은 조현을 더는 꼬맹이라고 부르지 않았다. 대신 조현에게 '각성자'라는 새로운 별명이 생겼다. 조안과 조현이 센터에 입소해 있는 동안 루나에서 있었던 일이 실시간으로 이스트랜드에 보도됐기 때문이다. 세계에서 두 번째로 포그 상태에서 깨어난 소녀. 잠에서 깨어났을 뿐인데 조현은 꽤 유명해 있었다.

"왜, 옛말에 그런 거 있잖아. 일찍 일어난 어린이가 벌레를 죽인다. 그러니 각성자인 네가 드림버그를 제일 먼저 해치운 거 아냐?"

라딸은 조현을 향해 뭉뚝한 엄지손가락을 치켜들었다.

물론 라딸이 말한 속담은 아마 '일찍 일어난 새가 벌레를 잡아먹는다'겠지만 아무래도 상관없었다. 조현은 이제 더 이상 이유 없이 울지 않았다. 두통약을 먹는 일도 없었다. 대신 남들에게 말 못 할 비밀이 생겼다.

'언니, 실은 우리가 모두를 구한 거잖아. 맞지?'

서로만 아는 비밀을 주고받을 때마다 조안과 조현은 눈을 찡긋했다. 이렇게 된 이상 영원히 둘만의 비밀로 간직하자는 뜻을 담은 표정이었다.

"참, 그 소식 들었어?"

셋 중 늘 가장 먼저 새 소식을 접하는 라딸이 신이 난 듯 입을 열었다. 이번에는 또 어떤 흥미진진한 소식을 전해줄까 싶어 조안과 조현은 기대에 찬 얼굴로 라딸을 쳐다봤다.

"오늘 축제에 점술가가 온대!"

"점술가?"

"응, 듣기로는 사람의 전생을 점쳐준다는데? 나 너무 떨려. 전생에 난 어떤 존재였을까? 로큰롤 스타? 코미디언?"

라딸이 그 자리에서 빙그르르 한 바퀴 돌았지만 조안과 조현 두 사람 모두 그 모습을 보지 못했다. 전생을 알려주는 점술가라는 말을 듣자마자 두 사람의 눈이 강렬하게 빛났기 때문이다. 두 사람이 아는 한 이 세계에서 그런 것이

가능한 사람은 오직 한 명뿐이다.

누가 먼저랄 것도 없이 환호성을 내지른 두 사람은 환희에 차서 학교로 뛰어갔고 영문도 모른 채 갑작스러운 달리기 경주에 참여하게 된 라딸이 멍한 표정으로 그 뒤를 따라 달렸다.

오랜만에 미태나를 볼 생각에 조안의 심장이 요동쳤다. 미태나는 사건이 마무리되자마자 제대로 된 인사할 틈도 없이 사라져버렸다.

얼굴을 보면 단번에 알아볼 수 있을까. 이제까지 조안이 봐온 건 윌 사버의 모습이지 진짜 미태나의 얼굴이 아니었다. 그런 데다 미태나가 방역복을 입지 않은 조안을 기억해낼지도 의문이었다. 어떤 사람들은 꿈속에서 만났던 조안의 모습을 기억에서 아예 지운 듯했다. 라이엇이나 즈밍 씨 같은 경우가 그랬다. 두 사람 모두 현실에서 다시 만난 조안을 꿈속에서 본 적 없는 것처럼 대했다. 과연 우리는 서로를 알아보게 될까. 계단을 뛰어 내려가는 조안의 눈꺼풀이 긴장감에 파르르 떨렸다.

정문을 열고 나가자 축제 부스로 가득 찬 운동장이 한눈에 들어왔다. 그중에서도 사람들이 줄지어 기다리고 선 부스가 눈에 띄었다. 오래전 서커스장을 방불케 하는 오색 전구가 달린 천막이었다.

한참을 기다린 끝에 조안의 차례가 다가왔다. 앞에 섰던 아이가 빠져나간 자리에 조안이 착석했다. 가까이에서 보니 더욱 낯설게 느껴지는 얼굴이었다. 상상했던 것보다 훨씬 더 갸름하고 날카로운 눈매의 소유자였다. 조안이 생김새를 살피는 사이, 가부좌를 튼 미태나가 말없이 눈을 떴다. 그의 깊은 검은색 동공에 조안의 얼굴이 꽉 들어차 우물처럼 비춰 보였다. 조안을 본 미태나는 근엄한 표정을 짓더니 말했다.

"어서 와요."

조안은 자신을 알아보지 못하는 건지 눈치를 살폈지만 미태나는 조용히 향에 불을 붙일 뿐이었다. 실망감에 조안의 양 볼이 붉어졌다. 같은 마음일 거라 생각했던 게 왠지 모르게 부끄러워지는 순간이었다.

향초가 타들어가면서 익숙한 냄새가 코끝을 스쳤다. 잠시 후 고개를 든 미태나가 웃음기를 누르며 입을 열었다.

"당신의 전생은 볼 필요도 없겠네요, 이미 몇 차례나 보았으니."

그 말을 들은 순간, 조안의 눈은 놀란 다람쥐처럼 동그래졌다.

"오랜만이야, 신조안. 기다리고 있었어."

낯선 얼굴이라 생각했는데 아니었다. 입꼬리가 길게 늘어지고 눈썹이 휘어지면서 시원하게 웃는 모습이 익숙했다. 조안은 그런 미태나를 따라 함께 웃었다. 그러고는 속으로 외쳤다.

'나도 기다리고 있었어, 미태나.'

천막 바깥에서 사람들이 낙엽을 밟는 소리가 들렸다. 대지진 이후 이스트랜드에 아주 오랜만에 찾아온 가을이었다. 교정을 붉게 물들인 단풍나무의 잎사귀가 바람을 타고 서커스 천막 위로 눈처럼 소복이 내려앉았다. 자연만이 그릴 수 있는 평화의 초상이었다.

이 이야기를 처음 구상할 때부터 집필을 마친 지금까지 전 세계 곳곳에서 전쟁 소식이 들려왔습니다. 그래서인지 미래를 생각하면 막연한 두려움이 찾아오는 요즘입니다. 불안한 마음이 들 때면 평소보다 악몽을 더 자주 꾸곤 하는데요. 고백하건대 저는 꿈속에서의 일을 꽤 선명하게 기억하는 편입니다. 그래서였을지도 모르겠네요, 이런 이야기를 쓰게 된 건.

제가 조안의 나이였을 때만 하더라도 저는 지금과 다른 나날을 꿈꿨던 것 같습니다. 십대가 꿈꾸는 이십대의 삶, 이십대가 그리는 삼십대의 삶, 매 세대가 바라는 다음 십년의 삶이 조금씩 다르듯이요. 그러나 그때부터 지금까지 달라지지 않은 사실이 하나 있습니다. 제가 이야기 만드는 것을 사랑해 마지않는다는 것이죠. 사람은 꿈을 꿀 때 가장 행복하다고 하던가요. 진부하게 읽힌다면 진부한 그 말을 저는 이번 작품을 집필하면서 또 한 번 가슴 깊이 새겨 넣었습니다.

마음이 따뜻하고 정의로운 친구들이 지금의 세계를 더 밝고 멋진 미래로 이끌기를 소원합니다. 그리고 그런 마음을 담아 저 역시 매 순간 따뜻한 시선으로 조안과 미태나를 응원했습니다.

『악몽 면역자』가 독자 여러분이 책장을 덮었을 때 여운이 남는 이야기가 되기를 바랍니다. 늦은 오후 철로 옆에 있는 벤치에 혼자 앉아 좋아하는 노래를 들을 때처럼, 맑고 청명한 가을날 예쁜 단풍잎 하나가 바람에 나부껴 손등 위로 떨어져 내렸을 때처럼, 말 한마디 걸어보지 못하고 혼자 좋아하던 상대를 우연히 길가에서 마주쳤던 순간처럼. 살아 있음에 감사하는 순간이 모여 독자 여러분의 내일이 되기를 진심으로 바랍니다.

끝으로 오랜만의 단행본이니 부끄러움을 무릅쓰고 인사를 남깁니다. 언제나 응원을 아끼지 않고 힘이 되어주는 저희 가족에게 고맙습니다. 특히 박순나 여사님, 항상 제 첫 번째 독자가 되어주셔서 감사합니다. 그리고 제게 선뜻

이 작품을 낼 기회를 주시고 마지막까지 힘써주신 모든 분께 감사의 말씀 전하고 싶습니다.

어느덧 녹음이 찾아오는 계절입니다. 푸르른 하늘 아래 청록색의 잎사귀처럼 부디 우리의 미래도 늘 울창하고 평화롭기를.

2024년 봄

조혜린

악몽 면역자

© 조혜린, 2024

초판 1쇄 인쇄일 2024년 5월 16일
초판 1쇄 발행일 2024년 6월 3일

지은이	조혜린
펴낸이	강병철
편집	최웅기 박진혜 정사라
디자인	강우정
마케팅	최금순 이언영 연병선
	최문실 윤선애
제작	홍동근

펴낸곳	이지북
출판등록	1997년 11월 15일 제105-09-06199호
주소	(04047) 서울시 마포구 양화로6길 49
전화	편집부 (02)324-2347, 경영지원부 (02)325-6047
팩스	편집부 (02)324-2348, 경영지원부 (02)2648-1311
이메일	ezbook@jamobook.com

ISBN 979-11-93914-13-7 (03810)

잘못된 책은 교환해드립니다.

"콘텐츠로 만나는 새로운 세상, 콘텐츠를 만나는 새로운 방법, 책에 대한 새로운 생각"
이지북 출판사는 세상 모든 것에 대한 여러분의 소중한 콘텐츠를 기다립니다.